LES PRINCIPES

DU

PÈRE RADOTTIN

PAR

CH. CHRÉTIEN

PARIS

CALMANN LÉVY, ÉDITEUR

ANCIENNE MAISON MICHEL LÉVY FRÈRES

RUE AUBER, 3, ET BOULEVARD DES ITALIENS, 15

A LA LIBRAIRIE NOUVELLE

—

1877

LES PRINCIPES

DU

PÈRE RADOTTIN

TROYES, IMP. DUFOUR-BOUQUOT.

LES PRINCIPES

DU

PÈRE RADOTTIN

PAR

CH. CHRÉTIEN

PARIS

CALMANN LÉVY, ÉDITEUR

ANCIENNE MAISON MICHEL LÉVY FRÈRES

RUE AUBER, 3, ET BOULEVARD DES ITALIENS, 15

A LA LIBRAIRIE NOUVELLE

—

1877.

PRÉFACE

—

Tout arbre qui ne produit pas de bons fruits sera coupé et jeté au feu!

Lecteurs, jetez-y donc ce livre, si vous êtes convaincus que je me suis écarté de la ligne droite.

En vous racontant l'histoire d'un homme qui a souffert, j'ai voulu vous engager à tendre une main secourable à ceux qui souffrent.

Vous reconnaîtrez que mon héros a surmonté ses maux et vaincu ses passions, grâce à l'assistance morale d'un ami, et surtout en se rappelant les conseils de sa mère, et les leçons d'un vieillard mûri par une longue et cruelle expérience. Vous le verrez en lutte avec les nécessités de la vie civile et les exigences du rude métier des armes.

Puis, chers lecteurs, en vous présentant quelques situations comiques, j'ai voulu vous prouver que l'élément, qui constitue aujourd'hui la puissante réserve de notre armée,

1

n'était autrefois qu'un simulacre de force sans cohésion et sans discipline.

Nos gouvernants s'endormaient alors à l'ombre des lauriers conquis par le plus grand capitaine du siècle!

Notre vanité et notre imprévoyance ont fait le reste, et causé nos récents désastres.

Ne désespérons pas du lendemain; les loisirs de nos garnisons, qui jadis énervaient le soldat, sont désormais remplacés par d'incessants labeurs dont les résultats certains feront peut-être regretter un jour à nos vainqueurs d'hier d'avoir manqué à notre égard de grandeur et de magnanimité!

Formons nos faisceaux sur le front de bandière de la patrie, et ne les rompons que pour repousser les envahisseurs.

Que notre jeune armée, conduite par des chefs instruits et braves, soit la gardienne de l'honneur et le noyau de la défense nationale; et qu'enfin, le pays entier, cette immense réserve, se lève à l'heure du danger!

Alors, puissants et disciplinés, nous pourrons faire valoir, dans les conseils de l'Europe, nos pacifiques aspirations!

C. Ch.

LES PRINCIPES

DU

PÈRE RADOTTIN

Les premiers pas.

Le numéro 65 de la rue Montmartre vit naître, en 1812, un gros garçon qu'on appela Raoul. Son père, monsieur Chevalier, exerçait la profession d'herboriste.

Nous devons avouer que cet industriel laissait à sa femme le tracas des affaires, et se consacrait exclusivement à l'éducation de son fils.

Celui qui a vu jadis le magasin de M. Chevalier comprendra facilement le dégoût qu'il devait inspirer à son propriétaire. Ouvert à tous les vents, et pavé aussi grossièrement que la plus vulgaire chaussée, il avait en plus, l'avantage d'être situé sur le flanc d'un égout, dont la bouche énorme s'ouvrait au milieu de la rue, et envoyait à ses riverains des parfums nauséabonds.

Les jours d'orage, la boutique de l'herboriste était un lac; ses habitants se réfugiaient au premier étage.

A l'occasion, madame Chevalier, douée d'une grande expérience, donnait des consultations aux commères du quartier, rien n'étant plus souverain que les remèdes de bonnes femmes. Néanmoins, elle n'employait pas les susdits remèdes, lorsqu'il s'agissait de la santé du petit Raoul; elle avait alors recours à la médecine légale, c'est-à-dire aux lumières d'un Esculape en renom.

Un jour, le docteur fut appelé en toute hâte, bébé avait d'épouvantables convulsions; monsieur Chevalier s'empressa d'aller chercher lui-même la potion qu'on venait d'ordonner. La tête perdue, se croyant plus capable que le pharmacien, le brave herboriste tint à contrôler l'opération, et fit tant et si bien qu'il parvint à faire commettre une grosse erreur au praticien.

Dès la première cuillerée, les traits de Raoul

se décomposèrent; à la seconde, la nourrice n'avait plus dans les bras qu'un moribond. La pauvre femme épouvantée laissa tomber son précieux fardeau, et ce fut avec stupeur que monsieur et madame Chevalier virent ruisseler sur le parquet le sang de leur fils bien-aimé.

Le pharmacien constatant sa méprise sans cependant l'avouer, brisa la fiole et prépara un contre-poison qui fit merveille.

On prétend que, depuis cet événement, le petit Raoul a gardé une dent aux médecins, aux pharmaciens, et surtout aux herboristes trop prétentieux. Il laisse agir la nature et ne s'en porte pas plus mal.

Si papa Chevalier aimait son bébé, convenons que celui-ci se montrait bien reconnaissant. Un matin, que père et fils se roulaient sur le gazon des buttes Montmartre — il y en avait alors — monsieur Chevalier se sentit défaillir; ce fut en vain qu'il appela; les buttes, désertes en ce moment, répercutèrent inutilement ses plaintes. Au loin, les moulins agitaient leurs ailes, et les meuniers vaquaient à leurs occupations.

La situation s'aggravait.

L'enfant, très-occupé à cueillir des bluets et des coquelicots, s'arrêta soudain, s'approcha du malade, et essaya de le ranimer en le couvrant de baisers et de larmes; ses petites lèvres étouffaient les sanglots du pauvre agonisant.

Tout jeune qu'il était, Raoul sentant son impuissance, se mit à genoux et répéta en pleurant les premiers mots de sa prière quotidienne :

— Mon Dieu, conservez la santé à papa que j'aime de tout mon cœur!

Ainsi qu'un doux parfum, l'humble prière de l'enfant s'éleva jusqu'aux cieux, et le bon père put bientôt s'acquitter, en rendant au centuple à son cher Raoul, les baisers qu'il venait d'en recevoir.

Les fleurs cueillies ce jour-là furent soigneusement conservées.

Lorsqu'on parlait à Raoul de sa prière des buttes Montmartre, ce fils respectueux disait avec conviction :

— Depuis ce jour-là je sais aimer!

Si la fleur ouvre sa corolle sous la douce caresse d'un rayon de soleil, le cœur se dilate

et s'épanouit au souffle de certaines influences ;
c'est ainsi que naissent ces effluves d'amour
qui sont les bases de la famille, ce centre dans
lequel viennent se confondre les peines, les
plaisirs, les baisers et les larmes !

Une coalition ayant écrasé l'empire à Wa-
terloo, Louis XVIII revint, et on affirma à Raoul
que ce monarque bien-aimé lui apportait un
frère, madame Chevalier venant de donner le
jour à un petit garçon qu'on nomma Joseph.
Cet enfant fut longtemps malade ; il était aussi
doux que son frère était turbulent. Pour se
soustraire aux malices de Raoul, il se réfugiait
dans les bras de sa mère qui l'adorait et l'appelait son benjamin.

Les parents étant dans le commerce, les
deux enfants furent mis à l'école aussitôt qu'ils
purent marcher.

Raoul étant loin d'être parfait, monsieur
Chevalier avouait qu'il ne se croyait pas de
taille à le diriger ; en effet, il l'aimait beaucoup,
le gâtait plus encore, et arrivait petit à petit à
détruire chez lui ce qu'il y avait de bon.

La faiblesse excessive prépare des maux
sans remède.

Sur l'avis formel du curé de sa paroisse, madame Chevalier détermina son mari à placer Raoul au séminaire de Picpus; mais, moins de six mois après, monsieur Chevalier fut engagé à venir chercher son fils que la discipline ecclésiastique ne parvenait pas à dompter.

Empressons-nous de dire que l'expulsion de Raoul avait été motivée par des peccadilles.

Au souvenir de la bonne soupe de maman, le cher enfant avait trouvé le moyen expéditif de se débarrasser de celle du séminaire en la jetant dans un trou fait à dessein au parquet du réfectoire.

Il avait, en outre, pendant la promenade, refusé de saluer le supérieur pour ne pas laisser échapper des hannetons qui étaient dans sa casquette.

Enfin, l'affaire du réfectoire ayant été révélée par un camarade, le jeune Raoul s'était permis de le corriger et de l'appeler jésuite!

Monsieur Chevalier, toujours enclin à l'indulgence lorsqu'il s'agissait de son fils aîné, se contenta de lui faire de justes remontrances.

— Je vais, lui dit-il, te mettre dans une demi-pension où tu seras bien traité; mais je dois te déclarer que si tu ne parviens pas à t'y maintenir, je n'aurai plus que la ressource de te placer comme mousse à bord d'un vaisseau de l'Etat.

En conséquence, Raoul fut conduit dès le lendemain rue du Chaume, n° 3, dans une excellente institution, son père retiré du commerce, demeurant alors rue Bourtibourg. Les débuts de l'élève furent excellents; le maître affirma qu'il en ferait un petit savant.

En rentrant le soir à la maison paternelle, Raoul prenait un grand plaisir à faire sur tous les murs la caricature des gens du quartier, ce qui amena plus d'un conflit. Les parents, civilement responsables des méfaits de leurs enfants, durent faire repeindre plusieurs murailles.

Madame Chevalier, en mère intelligente, dit un jour à son mari :

— On assure, mon ami, qu'un ivrogne se guérit de sa honteuse passion lorsqu'il a du vin en cave; s'il en est ainsi, nous pouvons empêcher notre fils de griffonner sur les murs en lui donnant du papier et des crayons.

Quelques leçons de dessin pourront peut-être déterminer chez lui une vocation profitable. C'est un léger sacrifice à faire, mais il est préférable de donner notre argent à un professeur que de solder les mémoires de messieurs les badigeonneurs.

Papa Chevalier adopta la motion, et Raoul autorisé à suivre un cours spécial, fit de rapides progrès.

Les principes du père Radottin.

Le professeur de ce cours se nommait Radottin. Il enseignait le dessin et la géométrie. C'était un vieux bonhomme très-méthodique, parlant sans cesse de son ancienne position, de ses malheurs domestiques, de sa famille et de son mépris des hommes ; rien n'arrêtait son insipide verve.

Après quinze jours de mariage, sa femme, disait-il, l'avait quitté sans motif connu. Ce petit désagrément, arrivé depuis trente ans, n'empêchait pas ce digne homme de croire au retour possible de sa moitié.

Il ne faut désespérer de rien.

Tout en faisant des hachures ou en traçant des profils, il contait son histoire.

Plusieurs fois le maître de pension l'avait engagé à abréger ses récits, en lui donnant à entendre, avec beaucoup de ménagements, que les enfants ne le comprenaient pas et se moquaient de lui, rien n'y faisait. Cet homme à perruque et à collet gras continuait imperturbablement.

Lorsque ce professeur arrivait à parler de la ligne droite, il était éloquent et devenait superbe. Depuis plus de soixante ans, disait-il, que je parcours cette ligne, je ne m'en suis jamais éloigné d'un millimètre. A cet égard il s'exprimait ainsi :

— Mes enfants, en géométrie la ligne droite est le plus court chemin d'un point à un autre, mais en morale cette ligne est l'emblème de l'honneur et de la probité ; elle relie deux points : la naissance et la mort ! Celui qui s'en écarte cesse d'être honnête !

Pour affirmer, sans craindre d'être démenti, qu'on suit la ligne droite, il ne suffit pas d'éviter l'échafaud en ne tuant personne, le bagne en respectant la propriété d'autrui, ou la misère en se montrant sagement économe de ses propres deniers; il faut encore s'être tenu en garde contre les excès, les abus et les écarts que les lois ne peuvent atteindre.

Les fils irrespectueux, les mauvais pères, les époux qui n'accomplissent pas leurs devoirs, les libertins qui se jouent de l'honneur des femmes, les soldats insoumis, les lâches et les déserteurs ne peuvent être compris au nombre des honnêtes gens; ils en sont la lie !

Ces gens-là constituent ce qu'on appelle avec raison l'hypocrisie du vice. Pour arriver au vol et à l'assassinat, il ne leur manque que l'audace !

Mes chers enfants, ajoutait le vieux professeur, tendez une main secourable aux pauvres déshérités, aidez-les, non-seulement c'est un devoir, mais c'est un calcul :

Un bienfait n'est jamais perdu !

Ces dissertations intempestives produisirent une impression profonde sur l'esprit de Raoul. La ligne droite devint son point de mire !

Après avoir puisé la virilité dans l'histoire du fougueux Charles XII, qu'il lisait avec avidité, Raoul allait s'étudier à mettre à profit les sages leçons d'un vieillard.

Ce brave garçon resta quelques années dans la pension de la rue du Chaume et s'y lia avec un nommé Philidor ; ces deux jeunes gens arrivèrent à un tel degré d'intimité qu'ils ne se quittèrent plus.

Le choix d'un état.

Le choix d'un état étant toujours une question sérieuse, monsieur et madame Chevalier se préoccupèrent longtemps à l'avance de la direction qu'ils allaient donner à Raoul.

Après bien des débats, le jeune débutant se décida pour l'horlogerie.

Les mauvais plaisants prétendirent que c'était par amour du mouvement.

Monsieur Chevalier signa un engagement de cinq ans. Il avait affaire à un horloger célèbre, à un artiste courbé sous le poids de ses travaux scientifiques ; seulement, ce savant était incapable de former un élève ; voilà ce qu'on ne sut que trop tard !

Au bout d'un an, le pauvre garçon savait à

peine faire un cuivreau, ce qui est l'enfance de l'art !

Lorsque Raoul refusait de faire les courses du ménage, la patronne, madame Cazin, en profitait pour se plaindre à monsieur Chevalier, auquel elle disait avec assurance :

— Votre fils est paresseux, joueur, dissipé; mon mari renonce à s'occuper de lui. Je ne lui reconnais qu'une qualité, c'est d'être honnête.

Monsieur Chevalier étant d'une nature faible, se laissait convaincre, et partait tout rêveur en se disant :

Décidément mon fils est un pauvre garçon; que vais-je donc en faire? Je le mettrais volontiers dans le commerce, si j'étais certain qu'il dût y réussir; mais j'ai eu si peu de chance moi-même que je n'ose rien décider. Il oubliait de se poser cette grave question :

— Ai-je été actif et travailleur?

Les mois se passaient, et Raoul n'apprenait rien. Nous pouvons cependant affirmer qu'il en valait un autre. Il aimait à innover. Un jour, notamment, il eut l'idée d'accrocher dans l'atelier un balancier qui, suivant lui, devait conserver un mouvement une fois donné, deux ressorts se le renvoyant de l'un à l'autre.

Le patron lui expliqua que la recherche du mouvement perpétuel était un leurre auquel se laissaient prendre tous ceux qui s'occupent de mécanique. Néanmoins, après avoir prouvé à son élève qu'il se heurtait à une impossibilité, il le félicita et l'engagea à s'adonner au travail avec courage.

Madame vint interrompre son mari en lui criant :

— En vérité, monsieur Cazin, je ne te comprends pas : Que signifient ces éloges? Tu vas finir de perdre cet enfant qui n'est déjà qu'un sot et un orgueilleux. Tu ferais mieux de lui ordonner de balayer l'atelier, et de lui recommander de faire nos courses avec plus d'intelligence.

— Allons, allons, ma bonne, calme-toi, répondit le cher époux.

Me calmer ! répliqua madame Cazin irritée, tu crois que c'est facile. Eh bien ! puisque tu ne me soutiens pas, et que ce garnement est un trouble ménage, je vais dire à son père de le reprendre, et je le forcerai à nous payer le dédit. Les juges de paix ne sont pas faits pour les chiens ! Je ne veux pas devenir folle, voir mettre ton atelier sens dessus dessous et briser tes outils; si on entend te mener par le bout du nez, on aura affaire à moi! Je suis la cheville ouvrière de la maison, personne ici ne doit l'oublier; entends-tu, monsieur Cazin, toi comme les autres! Il ne faut pas te figurer que tu me tiendras tête en ne me répondant pas; ce n'est pas ton sang-froid qui m'effraye!

La bonne femme continua à déblatérer pendant vingt minutes, tandis que son impassible époux avait repris sa besogne.

Raoul, qui craignait de devenir sourd en entendant les cris de cette hyène, était parti faire un tour sur les quais.

Arrivé au bord de l'eau, le jeune flâneur s'était approché d'un groupe de galopins, et là se posant en ingénieur, il avait, avec leur aide, fabriqué des piéges à rats. Un égout fournissait les victimes; seulement, comme la société de Raoul n'était pas de premier choix, il arriva que la police fit une râfle au moment où les chasseurs s'y attendaient le moins, et que l'ingénieur et les ouvriers furent conduits à la Préfecture.

Raoul fut aussitôt relâché. Les agents reconnurent en lui un honnête garçon, et lui recommandèrent plus de prudence une autre fois. Ce travailleur faisait tache dans cette boue !

La leçon était rude !

Lorsqu'il rentra, l'oreille basse, chez monsieur Cazin, il trouva son père, que Madame, se disant dévorée d'inquiétudes, avait envoyé chercher. Raoul, qui s'était fait une loi de ne pas mentir, accusa hautement sa patronne d'être injuste à son égard ; il fut éloquent et persuasif. Alors, il se passa un fait énorme : monsieur Cazin osa prendre la parole pour défendre son élève. Ce digne homme dut payer cher cette licence.

Après cette explication, les choses parurent se calmer, mais cependant le premier mot de madame Cazin fut de dire à Raoul :

— Sois tranquille, je te garde un chien de ma chienne.

Vengeance de femme.

Madame Cazin avait chez elle un des fils de son frère, gentil petit blondin. Cette ai-

mable dame désirait garder son neveu comme
apprenti, espérant sans doute avoir assez
d'empire sur lui pour en faire un esclave, mais
la place manquait; c'était un obstacle matériel,
le seul capable d'entraver sa volonté; aussi,
dans sa colère, en cherchant les moyens de
se débarrasser de Raoul, se mit-elle en tête de
le brouiller avec tout le monde, ce moyen-là
devant être le plus efficace pour décider son
mari à le renvoyer de lui-même.

Ayant un jour rencontré la femme d'un
guillocheur très-habile, mais sourd comme un
pot, il lui vint une idée diabolique.

— Demain, madame Maldent, lui dit-elle,
j'enverrai chercher, vers midi, la boîte que
vous avez à nous; ne vous dérangez pas pour
l'apporter, l'apprenti va dans votre quartier....
A propos d'apprenti, le nôtre est un assez
mauvais sujet; figurez-vous qu'il disait dernièrement à un de nos ouvriers :

— C'est moi qui m'amuse quand je vais
chez monsieur Maldent! Je l'appelle bête, imbécile, cornichon, et plus je lui dis de sottises
plus il me fait de politesses.

Je vous engage à dire çà à votre mari.

Ajoutez surtout que je l'autorise, dans le cas
où il s'apercevrait de quelque chose, à prendre
le petit mal élevé par les oreilles, et à le mettre
à la porte, c'est un service à nous rendre.

Madame Maldent, tenant très-probablement
à plaire à madame Cazin, se hâta de faire la
commission; elle la remplit et l'exagéra si
bien que son époux se monta la tête et prêta
l'oreille de telle façon que, dès qu'il vit l'élève
de M. Cazin, il crut s'entendre insulté grossièrement. Hors de lui, le digne homme se
leva, envoya à l'enfant une paire de soufflets
et le lança dans l'escalier.

Aux cris du pauvre gamin, les voisins ouvrirent leurs portes; la concierge intervint, et
le propriétaire, dont on venait de troubler le
déjeuner, arriva, sa serviette à la main, et déclara, en avalant sa dernière bouchée, qu'il
allait expulser le guillocheur, cet industriel
étourdissant tous les locataires, non seulement avec sa machine, mais encore en criant
toute la journée et souvent la nuit, comme un
sourd qu'il était!

Madame Maldent, en entendant insulter son
mari, se précipita sur le propriétaire; ce bon

monsieur ne s'attendant pas à être traité ainsi par le beau sexe, perdit pied et alla rejoindre le jeune homme au bas de l'escalier.

Bref, les Maldent durent quitter la maison et payer cinq cents francs de dommages et intérêts au propriétaire et vingt francs au neveu de madame Cazin; car c'était lui que son oncle avait envoyé pendant que sa femme montrait à la bonne à faire une sauce piquante. Le jeune blondin, étant moins riche que le propriétaire, reçut naturellement, à titre d'indemnité, une somme minime; c'était dans l'ordre des choses.

Est-il besoin d'ajouter qu'en apprenant ce qui était arrivé, madame Cazin avait fait une scène violente à son mari?

— Tu devrais me laisser diriger la maison, lui dit-elle; à quoi es-tu bon? C'était Raoul que je voulais envoyer chez le guillocheur et non mon neveu; tu ne comprends absolument rien.

Le neveu, dégoûté du séjour de Paris où l'on recevait des atouts sans jouer aux cartes, retourna dans sa province; seulement madame Cazin lui retint les vingt francs qu'il avait reçus. Cette bonne tante désirait rentrer

dans ses déboursés : une visite de médecin et
quatre sous d'eau-de-vie camphrée.

La Marine française.

Une rencontre fortuite avec un marin fit
naître dans le cerveau inventif du jeune horloger, l'idée de construire un bateau à vapeur.

A l'insu de monsieur Cazin, Raoul put con-
fectionner un mouvement destiné à faire tourner les roues de son petit chef-d'œuvre.

Un beau dimanche, il en fit l'essai sur le
bassin du Palais-Royal devant de nombreux
badauds; le succès ne répondit pas aux désirs
de l'inventeur.

La gloire a ses revers!

A peine le bâtiment effleura-t-il les ondes,
que ses ailes, n'éprouvant pas une assez forte
résistance, tournèrent avec une effrayante rapidité, et couvrirent d'eau le pauvre construc-
teur qui, tout confus, prit le parti de descendre dans le bassin pour repêcher son bateau ;
mais le gardien, qui l'attendait sur la berge, le
conduisit au poste du Palais, ainsi que l'ami

Philidor, ce dernier s'étant permis de faire des protestations trop accentuées.

Le petit Joseph suivit de loin les délinquants, et pleura tellement que le factionnaire ému oublia sa consigne, et attrapa deux jours de salle de police pour ne pas avoir fait remarquer à un ivrogne que sa guérite n'était pas un water-closet.

Le chef du poste mit en liberté les deux amis, après avoir engagé Raoul à retourner chez lui changer de pantalon afin d'éviter un rhume. Enfin, il poussa la générosité jusqu'à gracier son factionnaire!

Quelques jours après, le volant du vapeur ayant été changé, le bâtiment filait avec aisance sur tous les bassins; sa marche était régulière, et les gardiens paraissaient en être devenus les protecteurs.

La vie est ainsi faite; ayez un insuccès, on vous accable sans ménagement; réussissez, les choses changent, vous êtes un héros!

Monsieur Chevalier, oubliant les plaintes de madame Cazin, se plut à considérer son fils comme un prodige.

— Allons, se disait-il, je vois avec plaisir

que je me suis trompé sur le compte de Raoul, il y a de l'étoffe chez ce garçon-là.

Lorsque Vaucanson avait son âge, il ne devait pas lui aller à la cheville. J'ai vu le bateau de mon fils; je suis certain qu'il existe, qu'il marche, tandis que le chef-d'œuvre du mécanicien dont on parle tant n'est peut-être..... qu'un canard!

Cinq années se passèrent, et ces cinq années, pénibles pour Raoul et très-onéreuses pour son père, ne formèrent pas même un ouvrier médiocre.

On éviterait de grandes déceptions aux parents, si tous les ans les apprentis, appelés devant un jury spécial, étaient sommairement examinés. Le défaut d'instruction industrielle causée par l'incurie du maître, la paresse ou le manque d'intelligence de l'élève, pourrait alors entraîner la rupture des contrats.

L'influence de l'ami Philidor.

Philidor vint au secours de son ami et le fit entrer chez un éditeur. Chargé de l'envoi de certains ouvrages, Raoul déploya dans ses nouvelles fonctions de l'intelligence et de l'activité; aussi son patron, reconnaissant ses bons services, lui donna-t-il, dès le second mois, la nourriture, le logement et vingt-cinq francs.

Le jeune commis faillit devenir fou de joie.

Monsieur et madame Chevalier oublièrent sans peine tout ce qui était arrivé précédemment, les résultats acquis les satisfaisant d'autant mieux qu'ils n'étaient pas prévus.

La maison reprit sa gaieté, tout le monde travaillait avec cœur.

Le père, en quittant le commerce, était entré, en qualité de comptable, chez un gros négociant, et gérait en outre deux propriétés.

La mère tenait un hôtel meublé, Raoul *piochait* chez son éditeur, et, tous les matins, les voisins voyaient passer le jeune Joseph se rendant à sa pension.

Ici-bas le bonheur tient à si peu de chose! Il s'agit, pour le trouver, de ne pas laisser entrer chez soi la discorde et l'oisiveté, et surtout de baser ses dépenses sur ses recettes, tout en conservant une part à l'imprévu. Madame Chevalier faisait prévaloir ces principes excellents et prêchait par l'exemple.

Phillidor, employé chez un avoué, disposait de ses dimanches, et venait les passer avec Raoul.

Les deux jeunes gens fréquentaient l'école de gymnastique fondée par monsieur Amoros, colonel espagnol.

Les professeurs de gymnastique se recrutaient dans le corps des pompiers.

Ces braves soldats se faisaient remarquer par les soins infinis qu'ils prenaient pour éviter à leurs élèves le plus léger accident, mais lorsqu'il s'agissait d'eux seuls, on les voyait déployer une étonnante hardiesse.

Ces hommes de cœur formaient la génération qui devait bientôt conquérir l'Afrique, et devenir sans conteste la suprême réserve aux heures du danger!

Le branle-bas.

Les peuples et les familles éprouvent des cataclysmes.

De grands événements se préparaient et allaient une fois encore jeter le trouble chez les Chevalier.

Le 5 juillet 1830, Alger tombait en notre pouvoir : la voix du canon l'annonçait à la France. Ce jour-là, cette ville cessait d'être l'inexpugnable refuge des pirates; notre drapeau flottait sur ses mosquées.

Le 27 du même mois, la Révolution éclatait. Après une lutte de trois jours, le vieux roi Charles X était chassé, sans espoir de retour.

Pendant le cours de cette Révolution, Raoul parcourut Paris dans tous les sens.

La marche des troupes, celle des insurgés, les vociférations de la foule et la construction des barricades avaient un grand attrait pour lui. Les cris de liberté, poussés par un peuple en délire, étaient bien faits pour émouvoir un cœur de dix-huit ans!

Le jeune écervelé se dirigea vers la rue des Arcis et pénétra dans une ruelle étroite conduisant à l'Hôtel-de-Ville; son intention était de se rendre au faubourg Saint-Antoine où il avait des parents; il dut, au grand étonnement des insurgés, escalader une barricade. Ces gens, noirs de poudre, harassés de fatigue, n'eurent pas l'idée de s'opposer à cette imprudente ascension, mais ils furent bientôt tirés de leur apathie en entendant retentir à quelques pas d'eux une forte détonation.

Raoul venait de se trouver face à face avec un suisse dont il avait essuyé le feu; la balle lui avait effleuré l'épaule.

A ce moment même, un ouvrier parut à une fenêtre et tira sur le soldat. Le malheureux, frappé en pleine poitrine, vint rouler dans le ruisseau.

Le fils Chevalier, assez promptement remis de son émotion, s'empara des armes du suisse qui râlait encore, et désireux de quitter un poste aussi dangereux, s'élança vers la barricade. Arrivé au sommet, il fut salué par un feu de peloton, la troupe venait de riposter; c'était son droit!

Le pauvre Raoul tomba dans le camp des insurgés qui s'empressèrent de le relever.

C'est un héros! criait l'un. Il est mort, disait l'autre; bref, il fut constaté que petit bonhomme vivait encore!

Ce fut en vain qu'on tenta d'enlever Raoul et de le porter en triomphe, il s'y opposa formellement, et se refusa même à donner son nom, tant il redoutait que sa prétendue action d'éclat n'arrivât aux oreilles de son père dont il craignait les malédictions.

Monsieur Chevalier n'eut point entendu raison en pareil cas. Le digne homme gémissait en voyant le trône s'écrouler. A ses yeux le drapeau tricolore était l'étendard de la révolte et le précurseur d'un effondrement général; la société allait sombrer!

Enfermé chez lui, l'ancien herboriste tremblait de tous ses membres; sa femme et son fils Joseph étaient anéantis; il y avait trois jours que ces braves gens n'avaient mangé. Médor, le chien de la maison, couché dans un coin, partageait le chagrin de ses maîtres. Le pauvre animal, mourant de faim, rongeait une vieille savate.

Lorsque Raoul arriva, il dut parlementer; on refusait absolument de lui ouvrir.

— Joseph, criait-il, ouvre-moi, je sais par le concierge que vous manquez de tout et j'apporte des vivres. Allons, dépêche-toi, Paris est calme, on ne se bat plus.

Les verrous furent enfin tirés, et madame Chevalier s'élança vers son fils qu'elle couvrit de baisers malgré les protestations de son mari.

— D'où vient ce misérable? s'écriait le père de Raoul; il arrive sans doute de se battre; il s'est associé avec les révolutionnaires; ses habits sont déchirés et teints de sang. Qu'il ne se présente pas devant moi. Je ne sais ce qui m'empêche de le maudire.

— Ah! mon ami, que dis-tu là? Notre fils peut bien ne pas partager ta manière de voir, mais moi, sa mère, je réponds de lui; c'est un honnête homme. Réserve tes malédictions pour les malfaiteurs.

Raoul se précipita aux pieds de son père et lui affirma qu'il ne s'était pas battu; c'était la vérité.

— J'ai su résister, s'écria-t-il, à toutes les excitations, à tous les entraînements; j'ai respecté tes convictions, et te sachant brisé par la douleur, j'ai réprimé mes élans et mon patriotisme.

— Tu entends ce qu'il dit, répliqua monsieur Chevalier, il ose parler de ses élans et de son patriotisme, et cela devant moi! Mon Dieu que je suis malheureux d'avoir un pareil enfant! c'est un monstre!

Madame Chevalier et le petit Joseph employèrent tous les moyens pour calmer l'exaspération du chef de famille et y parvinrent enfin. Le meilleur argument fut de lui apprendre que son vieux Roi était hors de danger.

A la suite de toutes ces péripéties, la nature reprit ses droits ; on se mit à table. Joseph et Médor se firent remarquer par leur appétit ; le dernier surtout, qui passait pour une bonne fourchette, mangea comme quatre.

Nous devons avouer que la pauvre bête, plus sage que bien des gens, prenait philosophiquement les événements accomplis. Dans tous les cas, il se consolait en pensant que le peuple, qui lui avait imposé un jeûne si contraire à ses habitudes, allait comme toujours payer les pots cassés.

La Révolution de juillet avait arrêté toutes les transactions, les libraires surtout ne vendaient plus rien. Ce trouble était tel qu'un intelligent éditeur, reconnaissant la difficulté d'écouler un volume entier, innova la vente par livraisons.

Cette idée fut heureuse et la maison prospéra ; mais les autres dégringolèrent d'autant plus vito. Celles qui ne s'arrêtèrent pas tout court renvoyèrent une partie de leurs employés.

Le libraire, chez lequel était Raoul, dut aussi songer à faire des réformes. Or, son personnel se composait de deux commis et d'un garçon de magasin, ancien voltigeur de l'ex-garde royale; ce monsieur était une bête de somme dont il était impossible de se passer.

En conséquence le patron, M. Bordet, conçut le projet de remercier monsieur Philippe, son premier commis, une espèce de sournois, malin comme un singe, et de conserver Raoul qu'il aimait beaucoup; mais son embarras était grand, parce que Madame, sa digne compagne, étant d'un avis contraire au sien, lui faisait de l'opposition.

Les venettes de M. Chevalier.

Sur ces entrefaites, monsieur Chevalier vint annoncer à monsieur Bordet qu'il allait partir en province.

— Avant de quitter Paris, cet enfer anticipé, lui dit-il, j'ai voulu causer avec vous,

Monsieur, et vous demander si vous aviez l'intention de garder mon fils; je ne veux pas le laisser, sans acquérir cette certitude.

Monsieur Bordet tranquillisa l'excellent père en lui promettant de conserver Raoul.

Monsieur Chevalier, très-rassuré, vendit à vil prix l'hôtel meublé que tenait sa femme, donna sa démission de comptable, et remit à son propriétaire les pouvoirs qu'il avait reçus pour gérer ses immeubles. Ce digne homme avait si peur des conséquences de la révolution qu'il eût donné de l'argent pour qu'on le débarrassât de tout ce qui l'attachait à la capitale.

Raoul voulait suivre son père, sa mère, le petit Joseph et le charmant Médor, mais monsieur Chevalier lui signifia qu'il resterait à Paris.

— Je ne veux pas, lui dit-il, traîner avec moi un héros de Juillet. A mon âge, j'ai besoin de repos, et la présence d'un garçon sans cesse en ébullition, ne me permettrait pas d'en prendre; d'ailleurs tu scandaliserais la province. Monsieur Bordet m'a promis de te conserver ton emploi; mon frère Henry et monsieur Poncelet, mon beau-frère, sont disposés à te bien recevoir, je suis donc sans inquiétude à ton égard.

Peu de jours après, la famille Chevalier allait se fixer à Troyes.

Raoul, un peu troublé, ne tarda pas à se remettre.

Trahison.

Pendant ce temps-là, que se passait-il dans la coulisse?

Une chose toute simple. Madame Bordet, à l'instigation de sa fille, prévenait monsieur Philippe des intentions de son mari.

Les deux jeunes gens s'aimaient!

— Un bon averti en vaut deux, se dit le jeune Philippe; nous allons jouer au plus fin. Soutenu par la patronne, je suis certain de gagner la partie.

En conséquence, le soir même, en rentrant dans sa chambre, il prit tout bonnement une feuille de papier à lettre et écrivit ce qui suit, en s'étudiant à contrefaire l'écriture de son collègue Raoul :

3

« Mon cher Philidor,

» Je n'ai pu aller te voir hier soir diman-
» che; je tenais à connaître les suites d'une
» aventure. Monsieur B..... étant absent, sa
» femme avait donné rendez-vous à un ami.....
» et j'ai fait faction dans l'escalier du magasin
» pour écouter..... C'était drôle!

» Je te conterai tout ça, la première fois
» que je pourrai m'échapper.

» A toi, Raoul. »

Le lendemain, avant le jour, cette lettre fut
glissée sous la porte du magasin ou jetée par
l'imposte.

Monsieur Bordet, descendant toujours le
premier, trouva le compromettant écrit et le
lut. Le digne homme entra naturellement dans
une épouvantable colère, et bien qu'il ne soup-
çonnât pas sa femme, il tint à sévir contre celui de ses employés qui avait commis cette infamie!

Aucun doute ne paraissait possible.

D'une part, c'était l'écriture de Raoul et sa si-
gnature; on reconnaissait ses P, ses M, ses B et

son paraphe; et d'autre part, lui seul couchant dans la maison, avait pu perdre cette lettre dans le magasin fermé depuis la veille à midi.

Monsieur Bordet carillonna Raoul avec tant de force, qu'il cassa le cordon de la sonnette. Raoul, supposant que le feu était à la maison ou que son patron se trouvait en danger, s'empressa de descendre sans prendre le temps de s'habiller.

Le zèle du pauvre commis fut singulièrement récompensé. Monsieur Bordet, furieux, lui reprocha son ingratitude, lui prédit qu'il finirait mal, et ajouta :

— Je devrais vous faire arrêter, et je le ferais certainement si je ne connaissais pas votre honorable famille. Sortez d'ici, je vous chasse, et de ce pas, je vais aller à Passy prévenir votre oncle Henry.

Ce fut en vain que Raoul demanda des explications; son patron, pâle et tremblant, refusa de lui en donner aucune.

Le pauvre diable ayant déclaré qu'il ne sortirait pas sans obtenir satisfaction, monsieur Bordet appela à son aide le fameux voltigeur de l'ex-garde, et tous deux, après une lutte acharnée, parvinrent à jeter dehors l'innocent employé, en le traitant d'hypocrite.

Les voisins ameutés supposèrent alors que Raoul avait été trouvé abusant de la femme, de la fille du patron, ou de la bonne de la maison ; les avis étaient partagés.

Tout le quartier était en révolution.

Raoul ayant été obligé d'entrer chez le concierge pour réparer le désordre de sa toilette, la femme de ce fonctionnaire l'interrogea discrètement ; mais sur l'affirmation qu'il ne connaissait pas le premier mot de l'affaire, elle conçut des soupçons tels que, s'adressant à sa fille, elle lui dit à voix basse :

— *Ulalie,* ça me paraît louche ; ne laisse pas ta montre en évidence, et ferme les *ormoires.*

La chère enfant, fort craintive, s'empressa d'obéir, quoiqu'elle ne partageât pas les idées de sa mère.

Quelques minutes plus tard, Raoul était chez Philidor et lui contait ses peines.

— C'est curieux, s'écria ce dernier, il y a quelque chose là-dessous ; laisse-moi faire, je vais aller trouver M. Bordet, et je te jure que je ne reviendrai pas sans connaître le motif de ton renvoi.

En effet, dès qu'il se présenta, l'ancien patron de Raoul lui fit part de ses griefs et lui montra la fameuse lettre.

Philidor défendit son ami, déclara qu'il était incapable d'écrire pareille chose, analysa contradictoirement les pleins, les déliés, les points et les virgules de la pièce accusatrice, et conclut qu'elle était l'œuvre d'un faussaire. Madame Bordet ne fut pas de cet avis.

On convint néanmoins que l'oncle Henry Chevalier serait appelé comme tiers-arbitre, car le vieux libraire ne demandait qu'à proclamer l'innocence de son commis. Sa femme se montrait moins accommodante; elle répétait sans cesse :

— Nous reconnaissons tous l'écriture de monsieur Raoul, et lui seul a pu pénétrer dans le magasin après sa fermeture.

L'oncle Henry Chevalier, arrivé en toute hâte, fit de vains efforts pour défendre son neveu, madame Bordet nia sa compétence.

— Mon mari, lui dit-elle, accepte votre arbitrage; mais moi, je vous déclare que vous ne parviendrez pas à détruire mes convictions.

— Alors, madame, répondit monsieur Chevalier en prenant son chapeau, vous auriez bien dû vous dispenser de me déranger.

Raoul et Philidor, exaspérés, résolurent d'interpeller Philippe, le seul qui pût avoir un intérêt dans cette infâme machination.

Les deux jeunes gens attendirent pendant trois jours entiers à la porte du magasin; mais le coupable jugea prudent de ne pas se montrer.

Un soir, en sortant du spectacle, Philidor eut la chance de se trouver face à face avec le premier commis de monsieur Bordet et de lui administrer une verte correction.

La cousine Blanche.

Raoul passa quelques jours auprès de son ami, de son vengeur, et se rendit ensuite chez son oncle à Passy. Cet excellent parent lui offrit une généreuse hospitalité; le cher neveu s'y trouva trop bien, car il sentit naître presqu'aussitôt un sentiment que le devoir et la reconnaissance lui ordonnaient d'étouffer.

L'oncle Henry Chevalier avait une fille, et la douce enfant, touchée des infortunes de son cousin, faisait d'incessants efforts pour lui faire oublier ses chagrins.

Raoul était aimable et bon; Blanche était charmante, et ces deux cœurs de seize et dix-huit ans se comprirent tout naturellement. Dès le premier jour, les yeux du cousin avaient dit à la cousine : Je t'aime, et ceux de la jeune fille s'étaient timidement baissés.

Qui ne dit mot consent !

Les yeux seuls étaient coupables.

Raoul savait que sa cousine ne pouvait lui appartenir.

Blanche était riche, Raoul n'avait rien; tout lui manquait, même le travail et l'espoir de s'en procurer.

Le pauvre garçon passait des nuits entières à réprimer les élans de son cœur.

Devait-il tourner la position en employant des moyens devant lesquels les êtres dégradés ne reculent pas? Non, cent fois non; tout s'y opposait : le respect que lui inspirait sa cousine chaste et pure, les principes qu'il avait reçus de sa mère, et les leçons de M. Radottin, son vieux professeur de dessin. A la moindre défaillance, il voyait se dresser devant lui la ligne droite, cette toquade de l'homme au collet gras. Brave homme, se disait-il, tu m'as indiqué le chemin de l'honneur, j'y suis, j'y resterai !

Je vais élever entre Blanche et moi une barrière infranchissable en m'éloignant de cette maison, de cet éden ; il le faut !

Je jure que si, dans huit jours, je ne suis pas placé..... je me ferai soldat.

Les huit jours se passèrent, et Raoul tint parole en s'engageant dans le 150ᵉ de ligne en garnison à Saint-Quentin : c'était le plus beau régiment de France !!!

Vive la France ! Vive le 150ᵉ !

Raoul endossa résolûment l'uniforme, la discipline ne l'effrayait pas. Il savait obéir. Sa ligne de conduite fut bientôt tracée. Deux mois après son arrivée au corps il passait au bataillon.

Son instruction l'ayant fait remarquer, Raoul n'eut que de rares épreuves à subir. Dans ce temps-là on avait la sotte habitude de tourmenter les conscrits sous le prétexte de leur former le caractère. Ce but avoué était un gros mensonge, messieurs les carottiers voulant tout simplement se faire payer à boire.

Un jour qu'on tirait à la cible, Raoul fut placé en faction derrière un pli de terrain, ainsi qu'un jeune parisien assez mal appris. La consigne était d'empêcher gens et bêtes d'approcher.

Raoul se promenait mélancoliquement en pensant à son bon oncle, et peut-être aussi à sa cousine Blanche dont la gracieuse image le poursuivait partout, lorsqu'il vit son camarade charger son arme et l'entendit lui crier : Si tu fais un pas de plus, je te tue comme un chien.

Raoul n'ayant tenu aucun compte de la défense, le malencontreux factionnaire fit feu! Empressons-nous de dire que l'amorce brûla, mais que le coup ne partit pas, par la simple raison qu'un bout de bois avait remplacé la cartouche; disons aussi que le mauvais farceur n'eût que le temps de se jeter en avant pour expliquer son stratagème, attendu que Raoul, qui n'entendait pas qu'on se jouât de lui, allait lui faire passer un vilain quart-d'heure.

Cette petite aventure, racontée le soir à la chambrée, prouva que Raoul, tout bon enfant qu'il était, n'avait pas peur, et qu'il ne se laisserait pas marcher sur le pied.

Dans la vie, le premier pas a beaucoup d'importance.

Au régiment, les voleurs sont aussi rares que maltraités lorsqu'ils sont découverts. Les camarades, pour les punir, leur administrent la savate, ou les font sauter en couverte en compagnie de brosses, de monte-ressorts et de nécessaires d'armes.

L'escouade à laquelle appartenait Raoul possédait un débutant. Les larcins se succédaient; chaque jour on voyait disparaître un mouchoir, une patience, une épinglette, et en un mot tous les objets de toilette et d'équipement. Les quelques sous qui constituent la fortune du soldat étaient respectés. Le voleur partageait les scrupules de certaines gens, qui prétendent que chiper n'est pas voler. Ce n'est en effet que le premier échelon; mais une fois qu'il est franchi on ne s'arrête plus; c'est le

chemin le plus court pour aller..... de son logis
au bagne !

Toute la compagnie savait qu'un nommé
Patouillard était le coupable. On demandait un
exemple.

Raoul proposa de tenter la conversion du
pêcheur.

— Evitons le scandale, dit-il aux camarades, l'honneur du corps est en jeu.

A l'unanimité on lui donna carte blanche ;
les troupiers généreux et bons reculent toujours, lorsqu'il s'agit d'imprimer au front d'un
des leurs un stigmate de honte.

En conséquence, un soldat intelligent fut
chargé d'indiquer à Patouillard le moyen de
faire une omelette avec des œufs qu'il était facile de se procurer sans courir aucun risque,
et surtout sans délier les cordons de sa
bourse.

A l'exposé de propositions faites par un
homme dont il ne connaissait pas les principes, Patouillard hésita; c'était prévu, mais
son camarade, qui ne manquait pas d'aplomb,
le rassura en lui disant :

— Allons, tu n'es qu'un clampin, une

poule mouillée, je me charge de l'affaire.

Deux minutes après, quatre œufs achetés à la porte du quartier, et plus ou moins frais, étaient remis entre les mains du jeune filou dont la figure s'illumina subitement.

— Attends-moi là, lui dit son soi-disant complice, je vais en chercher d'autres.

Patouillard paraissant embarrassé, son camarade ajouta :

— Cache ceux-ci dans ton bonnet de police.

Ce conseil était à peine suivi que Raoul, d'un tour de main, enfonçait ledit bonnet jusqu'aux oreilles du timide voleur.

Des hommes de la compagnie, placés à l'avance pour voir cette scène désopilante, entourèrent le patient en lui répétant tour à tour cette consolante vérité : Bien mal acquis ne profite jamais !

Grâce à cette leçon anodine et gluante, Patouillard cessa de chiper ses camarades et devint un honnête garçon.

Les Conseilleurs.

Les beaux rêves ne sont pas éternels; le réveil arrive, la réalité apparaît, et convenons que souvent elle est triste.

En s'engageant, et surtout en analysant les éléments qui l'entouraient, Raoul s'était dit :

— Je serai sous-lieutenant avant la fin de mon congé.

Sur quoi se basait-il? C'était fort simple. Engagé à la suite d'une révolution, au moment où on parlait d'entrer en campagne, il avait remarqué avec satisfaction que la majorité de ses camarades ne savait rien. En conséquence, il se croyait certain d'arriver promptement, les délais fixés par la loi devant seuls arrêter son essor. Il est vrai qu'alors ces délais étaient longs, mais enfin ils n'étaient pas éternels.

Hélas! le destin devait être rigoureux! En quittant Saint-Quentin pour aller à Soissons, Raoul éprouva un fort malaise et tint cependant à continuer sa route. Une pluie torrentielle étant survenue, le malheureux fusilier fut pris d'un tremblement étrange, et quelques

jours après, une fluxion de poitrine se décla-
rait.

Les sœurs de l'hôpital de Soissons prodi-
guèrent à Raoul des soins incessants auxquels
il dut la vie.

Pendant la maladie et la convalescence qui
furent longues, le chirurgien-major du 150ᵉ vint
souvent voir le malade et lui conseilla de demander un congé de réforme, en lui affirmant
que les suites du trouble qu'il venait d'éprouver
allaient le mettre dans l'impossibilité de faire
un service actif.

Cette proposition révolta le jeune soldat qui
ne pouvait se faire à l'idée de quitter le régiment dans de pareilles conditions.

— Désormais, se disait-il, je devrai, quoiqu'il arrive, renoncer à défendre mon pays. Je
vais être classé parmi les inutiles, les impo-
tents ; quelle est la femme qui voudra de moi
et consentira à associer son sort au mien ? Ce
n'est pas le déshonneur, mais c'est la déconsi-
dération.

Un blessé placé au nº 7, avait saisi au passage les conseils du docteur.

Or, voici ce que cet intelligent troupier dit

à Raoul, son voisin, qui couchait dans le lit
n° 8 :

— Mon cher n° 8, je voudrais bien être à
votre place ; c'est moi qui ne moisirais pas au
régiment. Je ne suis cependant pas, soit dit
sans vous offenser, un simple *triste à pattes*,
j'appartiens aux hussards ; eh bien, malgré ça,
je filerais un peu vite.

— Votre conseil, répondit Raoul, est peut-
être excellent, mais je me suis engagé volontairement, et vous comprenez que les amis me
plaisanteraient si je retournais au pays après
quelques mois de service.

— C'est tout de même vrai, répliqua le
hussard, mais ça vaut toujours mieux que de
tirer la langue pendant huit ans. Tenez, c'est
si ennuyeux d'avoir toujours un brigadier derrière les talons que, ficelé comme je suis,
avec une grosse capote et un bonnet de coton,
je me trouve heureux comme un roi, à part le
coup de pied que m'a envoyé mon *poulet-
d'Inde*.

A propos, savez-vous que vous avez eu une
drôle d'idée de vous engager, c'est jamais moi
qui aurais fait ça. J'ai préféré remplacer le fils

d'un commerçant qui m'a donné 2,400 fr. et une montre d'or.

Dans la crainte des voleurs, j'ai tout mangé.

Enfin je me console; avant six mois j'irai retrouver ma payse et, une fois marié, je reprendrai mon état de cordonnier. Mais j'y pense, est-ce que vous ne m'avez pas dit l'autre jour que vous aviez un frère qui tirait l'année prochaine?

— C'est parfaitement vrai.

Eh bien, mon camarade, à votre place j'écrirais à mon frère : « Mon bonhomme, je suis à l'hôpital. On me propose un congé de réforme; or, si tu veux que je sois encore sous les drapeaux l'an qui vient, pour t'exempter, envoie-moi du *quibus,* sinon j'accepte la proposition du *chirulgien-majeure.* »

— Brave hussard, s'écria Raoul, bien que je ne sois, comme vous le dites, qu'un *triste à pattes,* j'ai cependant du cœur et je croirais mal faire si j'agissais ainsi. Mon frère est un bon garçon que j'aime, et rien que pour lui il me répugnerait de me faire réformer. Si vous saviez comme je l'ai fait enrager quand il était petit, vous seriez convaincu que je lui dois un dédommagement. Je ne veux pas causer le moindre chagrin à mon petit Joseph.

— Nº 8, reprit le nº 7, vous avez bon cœur. J'ai idée que ça vous portera bonheur, et si, comme on dit : un bienfait n'est jamais perdu, votre frère Joseph, qu'est resté pékin, vous sera utile un jour, un peu d'aide fait grand bien.

Dites donc, je réfléchis, vous auriez joliment tort de vous en aller. Qu'est-ce que vous iriez faire au pays, dans l'état où vous êtes? Autant qu'on vous enterre ici avec les honneurs militaires! Ça fait toujours plaisir. C'est vrai que maintenant vous vous levez un brin, mais il y a les rechutes, c'est là que ça se gâte. Sur 20, on en compte plus de 19 qui vous font descendre la garde.

— Mon cher hussard, savez-vous que vous n'êtes pas rassurant, heureusement que j'en ai vu revenir de plus loin.

Un mois après cette conversation, Raoul reprenait son service et se portait à merveille.

Le Caporalat.

Enfin, je suis caporal, s'écriait un matin le fusilier Raoul.

On venait de battre au fourrier, et l'heureuse nouvelle en avait été aussitôt transmise par l'intelligent brosseur de l'adjudant. Commettre une pareille indiscrétion, ça valait la goutte, on la lui paya!

Devenir caporal ce n'est pas une petite affaire. Il y a tant d'appelés et si peu d'élus! Ce grade-là est certainement celui qui flatte le plus. Le nouveau promu ne peut faire un pas sans admirer ses galons, c'est de l'extase!

A dater du jour où de modestes sardines viennent couronner son parement, le soldat comprend que cinq cent mille hommes lui doivent le respect et l'obéissance. Napoléon Iᵉʳ le rappela énergiquement à un jeune caporal, qui prétendait manquer d'autorité pour rétablir l'ordre dans le poste qu'il commandait.

Raoul attendait avec impatience sa nomination pour demander une permission. Il voulait aller voir son oncle et sa cousine Blanche.

Comme caporal il pouvait se présenter, le briquet au côté, et annoncer à son de trompe que désormais il était exempt de factions et de corvées.

En 1832, les émeutes étaient fréquentes; le peuple confondait, ce qui arrive encore, la licence avec la liberté; grave erreur dont les conséquences assombrirent les premières années du règne du meilleur des rois. Or, dans les moments de trouble on consigne les troupes, et les permissions s'obtiennent difficilement. Néanmoins, grâce à sa bonne conduite et aussi comme convalescent, le nouveau caporal parvint à réaliser son rêve.

Raoul partit donc!

L'oncle, la cousine et son jeune frère, informés de l'arrivée du caporal, vinrent au-devant de lui. L'accueil qu'il reçut dépassa ses espérances! Pendant son séjour à Passy les dîners et les réceptions se succédèrent; jamais la maison n'avait été plus gaie. La première quinzaine se passa sans le moindre incident. Mais un soir, en revenant seul du théâtre, Raoul fut attaqué par six ou huit individus qui le renversèrent et lui enlevèrent son briquet. Le brave caporal, meurtri et désespéré, se releva et poursuivit ses agresseurs qu'il rattrapa seulement sur les bords de la Seine.

— Rendez-moi mon sabre, ou tuez-moi, leur dit-il, ne me déshonorez pas!

— Il a raison, s'écria l'un d'eux, flanquons-le à l'eau, ça sera drôle!

— A l'eau, à l'eau, hurlèrent les autres, et aussitôt le malheureux fut saisi et traîné vers le fleuve.

— Allons, toi, empoigne-le par les *quilles*, allons... une... deux!...

En ce moment suprême, un des hommes de cette bande, s'avança et s'exprimant avec une énergie peu commune, traita ses camarades de lâches et d'assassins.

— Descendez dans la rue, leur dit-il, prenez vos *flingots*, combattez loyalement. Faites des barricades, si vous avez à vous plaindre du pouvoir, mais ne vous en prenez pas à un pauvre soldat isolé. Cet homme a plus de cœur à lui tout seul que vous n'en avez tous ensemble. J'ai servi, moi, je sais ce que c'est, et je dis qu'un troupier ne doit jamais se laisser désarmer; il aime mieux mourir accablé par le nombre, que de crever de honte! Entendez-vous, rendez-lui son sabre et que ça ne traîne pas. Rappelez-vous que je me nomme Donzalot et que personne ne me brave en vain.

Joignant l'action aux paroles, le défenseur de Raoul arracha le briquet des mains d'un des plus acharnés et le rendit au caporal. Il fut nécessairement accusé de faire partie de la police et traité de mouchard. La réplique fut très-éloquente; un coup de pied envoya rouler à dix pas celui qui s'était permis de prononcer le dernier mot. Les autres, convaincus, eurent la sagesse de se taire.

Monsieur Henry Chevalier, assez inquiet, attendait son neveu. Aussitôt instruit de l'aventure, il engagea Raoul à porter une plainte immédiate et à transmettre au commissaire le signalement de ses assaillants.

Raoul aimait et respectait son oncle, aussi s'empressait-il toujours de suivre ses conseils et de lui obéir; mais, cette fois, il crut devoir résister.

— Mon cher oncle, dit-il, en faisant poursuivre les misérables qui m'ont attaqué, je

dénoncerais l'homme de cœur dont l'énergie
a été ma sauvegarde au moment du péril; ce
serait une lâcheté que je ne puis commettre.
Vous êtes trop bon, trop loyal pour ne pas
le comprendre.

Monsieur Chevalier tendit la main au généreux caporal et la charmante Blanche lui présenta son front. Les gens de cœur s'entendent
toujours !

Il était deux heures du matin lorsqu'on se
coucha, ce qui n'empêcha pas monsieur Chevalier d'aller faire sa promenade habituelle au
bois de Boulogne aussitôt que le soleil parut à
l'horizon. Ce jour-là, Raoul n'accompagna pas
son oncle; après les émotions de la veille, il
prenait sans doute un peu de repos.

En sortant, monsieur Chevalier causa un
instant avec le père et la mère Canari, ses
concierges; il tenait à leur expliquer pourquoi
son neveu était rentré si tard, dans une tenue
qui laissait à désirer, mais il leur recommanda
expressément de garder le silence sur cet événement.

Le père Canari, discret par état, ne conta l'a-
venture qu'aux marchands de vins du quartier.

L'assassinat.

Vers les huit heures du matin, Ernestine, la bonne de monsieur Chevalier, alla frapper à la porte de monsieur Raoul. Personne ne répondant, elle risqua un œil et regarda par le trou de la serrure.

— Mon Dieu! mon Dieu! s'écria-t-elle en reculant d'horreur, le neveu de mon maître est assassiné!

La pauvre fille tomba évanouie.

Aussitôt revenue à elle, Ernestine alla trouver mademoiselle Blanche, et lui affirma en pleurant que son cousin gisait sur le parquet dans une mare de sang.

Cette affreuse nouvelle produisit un effet terrible. Enfin Blanche, son jeune frère et la domestique ne sachant quel parti prendre, descendirent chez le concierge, et tous trois, frappés d'épouvante, implorèrent sa protection.

Le père Canari, qui avait le vin tendre, s'élança vers mademoiselle Blanche sous le prétexte de la consoler; la jeune fille n'évita

son étreinte qu'en se réfugiant derrière sa
bonne ; celle-ci reçut les baisers du bonhomme.

— Quel malheur, s'écriait l'ivrogne, après ce
qui s'est passé hier, voyez-vous, Mademoiselle, votre cousin aura certainement été suivi,
et les misérables l'auront assassiné, ce pauvre
enfant du bon Dieu !

En entendant ces paroles, de nature à
prouver que la maison était mal gardée, madame Canari se révolta et traita son mari
d'imbécile, signe certain qu'elle le connaissait.

Enfin, mademoiselle Blanche parvint à décider le concierge à se rendre sur le théâtre
du crime. Le prudent fonctionnaire s'arma de
pied en cap, broche à rôtir, couteau à dé-
couper, etc.

Pendant ce temps, la mère Canari, très-
émotionnée, avait entre-bâillé la porte cochère
et guettait le passage des agents.

En se rendant à la chambre de la victime, la
domestique fit remarquer que la porte de la
cuisine qu'elle avait laissée ouverte était fer-
mée. Chacun prêta l'oreille et on entendit très-
distinctement des pas d'homme.

— L'assassin doit être là, dit à voix basse le père Canari, il n'aura pas eu le temps de s'échapper. Donnant alors un tour de clé, il s'écria :

— Ah! misérable, tu ne savais pas à qui tu avais affaire. Apprends-le donc; je suis un vieux de la vieille! Nous te tenons, lâche, coquin, scélérat, canaille, tu seras bien fin si tu parviens à nous échapper !

Les locataires, les voisins, tout le monde enfin était sur pied lorsque la police arriva.

La porte de la cuisine fut ouverte avec précaution et les agents s'élancèrent sur l'individu qui leur était signalé!!! Tous les spectateurs, Blanche, le petit cousin et la bonne partirent d'un éclat de rire en reconnaissant..... Raoul!!

Ce garçon, réveillé par les allées et venues, avait été chercher de l'eau pour sa toilette, et respirait fort tranquillement l'air frais du matin en regardant travailler le jardinier, crime non prévu par le Code.

La montagne venait d'accoucher d'une souris.

Papa Canari était si penaud, qu'il avait l'air d'un serin.

Bref, mademoiselle Blanche s'empressa d'arrêter le zèle des agents, et les remercia très-gracieusement de leur concours.

Raoul embrassa sa cousine, et cette fois la jeune fille ne chercha nullement à s'esquiver, au grand désespoir d'Ernestine qui n'eût pas été fâchée de profiter d'un ricochet.

En rentrant de sa promenade, monsieur Chevalier secoua le père Canari, et le menaça de le flanquer à la porte la première fois qu'il se griserait.

Les choses s'expliquèrent; elles étaient fort simples, ainsi que nous allons le voir :

Mademoiselle Ernestine croyant être agréable à monsieur Raoul avait eu l'heureuse idée, en faisant sa chambre, de mettre le lit de plumes par-dessus les matelas, et même d'en ajouter un second. Dans le pays de cette fille on ne dormait bien que comme ça. Aussi se réjouissait-elle à l'avance en pensant que le jeune caporal, si sympathique à toute la maison, allait passer une bonne nuit; elle poussait la sollicitude jusqu'à se reprocher de ne pas avoir pensé plus tôt à faire ce petit changement.

Dans cette couche trop moelleuse, au milieu

de cette couette, Raoul n'avait pu fermer l'œil, et s'était tourné et retourné jusqu'à cinq heures du matin. Alors, accablé de fatigue, il avait pris le parti de descendre de son lit et de se coucher sur le tapis.

Nous devons avouer que la tendre Ernestine s'était légèrement trompée en prenant un paisible dormeur pour un cadavre, et un pantalon rouge pour une mare de sang.

A cela près, tout était exact !

Quelques jours plus tard, Raoul, le cœur gros, prenait la diligence et retournait à son régiment.

Ses collègues lui firent un accueil d'autant meilleur qu'il avait le gousset garni, son oncle s'étant montré très-généreux.

Raoul raconta avec beaucoup d'entrain ses petites aventures, et les hauts faits du père Canari, de cet ancien troubade, qui arrêtait avec tant de témérité les assassins les plus pacifiques. Les loustics brodèrent là-dessus des histoires auprès desquelles les prouesses du fameux La Ramée n'étaient que de la petite bière.

Tout n'est pas roses.

Le jeune caporal reprit son service et son autorité; mais il s'aperçut bientôt qu'il y avait un revers à la médaille.

Exercer un commandement, ne faire ni corvées, ni factions, admirer sur ses bras d'éclatants galons et sentir à son côté se balancer un briquet, étaient sans conteste de grands priviléges; mais il se voyait avec épouvante l'agent responsable de la tenue de sept ou huit gaillards plus ou moins soigneux.

Il fallait se faire obéir, et recevoir à chaque instant les observations du fourrier, des sergents, du sergent-major, des lieutenants et du capitaine.

Parmi ces messieurs, il y en avait d'accommodants, mais il s'en trouvait d'autres qui tenaient à l'exécution rigoureuse des règlements.

Le capitaine avait servi le petit caporal, ce qui ne l'empêchait pas de se montrer très-raide avec les caporaux. Cet officier, mis en disponibilité sous la Restauration, venait d'être

rappelé à l'activité par le Gouvernement de
Juillet. Son unique préoccupation était de
rattraper le temps perdu en chagrinant le
pauvre monde. Il était jaloux de ses lieutenants parce que ces messieurs possédaient la
bienveillance, l'éducation et l'instruction qui
lui faisaient défaut. Il disait en parlant d'eux :

— Ce sont des pointus que j'aurais bien
voulu voir à la Bérésina !

Un jour, étant passé dans la chambre où
couchait Raoul, ce capitaine remarqua un peu
de poussière sur la planche à pain.

— On voit, dit-il, que le caporal qui commande ici est un conscrit; deux jours de consigne lui apprendront son métier.

Le lendemain matin, ne trouvant pas le
butin d'un soldat convenablement placé, il
doubla la punition de la veille. A onze heures,
probablement pour tuer le temps, il vint à
l'appel, fit former le cercle, et se tournant
aussitôt du côté de Raoul, il le regarda bien
en face en lui criant :

— Caporal, vous n'êtes pas schakoté droit,
vous voulez *fignoler*; rappelez-vous donc que
vous devez l'exemple à vos subordonnés. Ser-

gent-major, ajoutez deux jours de consigne au compte de cet homme pour mauvaise tenue. A propos, mettez-en quatre, ça vous permettra de porter la punition au rapport.

Ce capitaine est certainement enragé, pensait le malheureux Raoul, c'est décourageant. Hélas, il n'était pas au bout, car vingt-quatre heures après, son protecteur lui infligeait une nouvelle punition sous le prétexte qu'il n'avait pas exigé le salut d'un cuirassier qui passait près de lui. Raoul ayant affirmé très-respectueusement à son supérieur qu'il n'avait pas vu de cuirassier, celui-ci lui octroya deux jours de plus pour s'être permis de faire des observations intempestives, et il ajouta ironiquement :

— Si je n'étais pas indulgent, je pourrais interpréter ce que vous venez de dire comme un démenti et vous faire passer au conseil de guerre. Insulte à un supérieur, voyez votre livret.

De longs mois s'écoulèrent sans changement. Notons cependant que la toquade du capitaine était passée et que ses fureurs s'appesantissaient sur d'autres victimes.

Monter des gardes, aller aux manœuvres, faire la semaine, répondre aux batteries, apprendre toutes les théories, et faire faire l'exercice aux recrues : tel était le rôle de Raoul. On l'entendait crier pendant quatre heures chaque jour :

Tête droite, Fixe, Tête gauche, Fixe, etc.; puis on le voyait s'escrimer à faire décomposer le demi-tour, le pas ordinaire et le pas oblique, en attendant les splendeurs de la charge en douze temps.

— Décidément, se disait l'illustre caporal, le cardinalat doit être plus facile à atteindre que le maréchalat. Au séminaire, j'étais comparativement heureux.

— Mon cher Raoul, je me propose de parler de vous au capitaine, lui dit un soir le sergent-major de la compagnie. Je désire que vous remplaciez le caporal d'ordinaire Croquempot qui vient de *manger la grenouille*. Je pense que nous nous entendrons.

Avant tout, nous tenons à l'honnêteté; le soldat n'est déjà pas trop riche.

— Vous avez bien raison, major.

Je ne suis pas comme certains de mes collègues ; non, mon cher caporal, en dehors des petites remises que vous feront les fournisseurs et que nous partagerons de bonne amitié, je ne vous demanderai que du papier, de l'encre, des plumes et de la chandelle. Croquempot me redoit encore 12 francs ; mais, je suis généreux et je n'en dirai rien. C'est un ingrat !

Cette déclaration fit tomber Raoul dans une profonde rêverie. Allait-il renier ses principes et s'écarter de la ligne droite en s'associant avec l'intègre sous-officier ?

D'un autre côté, pouvait-il refuser, et surtout en faire connaître le motif ? N'était-ce pas se créer un irréconciliable ennemi ? La position était difficile ; il s'agissait de la tourner.

Provisoirement, et pour se donner le temps de réfléchir, il accepta. Rendez-vous lui fut donné aussitôt pour le lendemain, le capitaine tenant essentiellement à transmettre lui-même ses instructions.

Rentré à sa chambre, Raoul ne dormit pas, et prit une grave résolution.

Aussitôt levé, il se fit porter malade, et se

présenta à la visite du chirurgien, auquel il dit :

— Docteur, je souffre énormément, j'ai le sang au cerveau et des battements dans les tempes, la nuit a été fiévreuse.

— Ce n'est rien, mon ami, répondit le praticien, je vais vous donner une exemption de quatre jours et vous remettre un flacon d'eau sédative; quelques lotions suffiront, je l'espère.

Le front ceint d'un bandeau, Raoul se présenta à l'heure dite chez le sergent-major.

A peine le capitaine eut-il aperçu le soi-disant malade qu'il ordonna au sous-officier de faire appeler un autre caporal, l'ordinaire ne pouvant être confié à un infirme qui se permettait d'avoir des migraines et de se présenter devant ses chefs dans la tenue d'une vieille sorcière.

— De mon temps, dit-il à Raoul, on envoyait les carottiers à l'avant-garde. Si ça dépendait de moi, je les ferais pourrir dans les cachots. Allez, retournez dans votre chambre, poule mouillée, malade imaginaire, soldat de carton; j'aurai soin de vous.

Raoul ayant prévu ce résultat, ces malencontreuses invectives ne parvinrent pas à l'émouvoir.

Dès que le caporal fut parti, le bienveillant capitaine conçut le projet de s'en débarrasser à tout prix.

— Je vais le proposer à tous mes collègues; ce garçon me porte sur les nerfs; c'est bien le diable si je n'arrive pas à le faire nommer sergent, fourrier, ou à le fourrer dans une compagnie d'élite; il n'y a pas d'autres moyens, je ne puis le faire casser; jamais il ne se grise, et il répond toujours si poliment que ça me démonte.

Deux mois après, Raoul était nommé sergent-fourrier.

Arrivé dans sa nouvelle compagnie, il apprit avec satisfaction qu'il devait son avancement à son seul mérite.

Le brosseur Rigolo.

Le fourrier Raoul Chevalier avait un brosseur nommé Rigolo, garçon lourd, épais, qui s'était fait casser des voltigeurs, non par inconduite, mais tout simplement parce qu'il avait été jugé trop naïf pour rester dans une compagnie d'élite.

Afin de donner une idée de la faiblesse d'esprit de Rigolo, nous devons dire que son capitaine l'ayant occupé pendant moins de quinze jours, dut s'en débarrasser. Par ses actes et ses propos, il compromettait toutes les bonnes, et même la maîtresse de la maison.

Rigolo avait l'affreux défaut d'écouter aux portes et de rapporter aux voisins tout ce qu'il entendait.

La prétendue franchise de ce brosseur égalait sa stupidité. Lorsque son chef disait devant lui : Par qui donc a-t-on pu connaître ce détail intime? l'idiot partait d'un éclat de rire et répondait : Mais, mon capitaine, ce n'est pas difficile à deviner, celui qui l'a dit : c'est Rigolo.

—Tu devrais apprendre à retenir ta langue.

— Impossible, mon capitaine, sauf votre respect, je n'ai pas de secrets.

Un jour ce bavard émérite répandit dans le quartier le bruit que son chef avait des idées très-avancées; qu'il désirait la République dé-

mocratique et sociale et le renversement des
tyrans.

Les bonnes âmes s'empressèrent d'écrire au
colonel qu'il possédait dans son régiment un
capitaine capable de mettre le feu aux poudres
et de tout bouleverser.

On fit aussitôt une enquête. Il en résulta que
le capitaine mis en cause était parfaitement
inoffensif. Rigolo avait entendu son chef lire à
sa femme quelques passages de la plaidoirie
d'un avocat appelé à défendre un accusé poli-
tique gravement compromis, et naturellement
il avait bâti là-dessus une histoire d'autant
plus invraisemblable, que l'armée aimait les
d'Orléans, et que le plus humble soldat disait
avec orgueil :

« Dans cette famille-là, toutes les femmes
sont chastes, et les hommes sont braves ! »

Les deux factionnaires.

Rigolo n'avait pas son pendant dans toute
l'armée française. On racontait sur lui des
choses incroyables.

Etant de garde au château des Tuileries,

alors qu'il appartenait à une compagnie d'élite,
son caporal le plaça à la grille du bord de l'eau
en lui disant :

— Vous interdirez l'entrée du jardin aux
gens mal mis, aux hommes en blouse, en veste
ou porteurs de paquets, aux femmes en bonnet
et aux enfants qui ne seront pas accompagnés
de leurs parents. Vous exigerez, en outre, que
les chiens soient muselés et tenus en laisse, et
enfin vous rendrez les honneurs à qui de droit.

Convenons que c'était bien compliqué.

La grille dont nous venons de parler était
gardée par deux factionnaires, superfétation
qui n'avait d'autre but que d'abrutir deux
hommes au lieu d'un.

Les passants admiraient ces braves gens.

L'un était un garde national, agent de
change, épicier ou maçon, arraché à ses travaux et habillé d'une façon désopilante.

L'autre s'appelait grenadier ou voltigeur,
suivant la couleur de l'épaulette.

Or, le jour en question, il se trouva que le
soldat citoyen était un avocat nommé Chicano.
Ce monsieur reçut la même consigne que le
voltigeur Rigolo.

On prétend que, par avance, ce représentant du barreau riait dans sa barbe à la pensée qu'il allait s'amuser à interpréter tout de travers les instructions de son chef.

L'œil au guet, le cher maître aperçut un, brave homme en blouse qui élevait ses prétentions jusqu'à vouloir pénétrer dans le sanctuaire fleuri des Rois. Très-prestement, il se précipita au-devant de lui dans l'intention bien marquée de devancer son collègue de l'armée, et le harangua en ces termes :

— Excusez-moi, cher Monsieur, si je vous engage à ne pas entrer; vous avez une blouse, et malgré le respect que je professe pour la liberté de circuler, inscrite dans toutes les constitutions démocratiques, je suis contraint de faire exécuter rigoureusement la consigne.

— Ça ne fait rien, répondit l'ouvrier, je vais arranger la chose.

Il s'empressa aussitôt de retirer le vêtement prohibé, et d'en faire un petit paquet qu'il plaça sous son bras.

L'avocat, voyant ce qui se passait, revint au-devant du brave homme, et lui dit avec la bienveillance que déployaient jadis les grands seigneurs en parlant à leurs vassaux :

— J'en suis aux regrets, mon cher, mais la situation se complique; vous n'aviez tout-à-l'heure qu'un motif d'exclusion, maintenant vous en avez deux : un paquet et une veste.

En prononçant ces derniers mots, le séduisant factionnaire fit deux pas de conduite à l'ouvrier, et poussa la courtoisie jusqu'à le saluer militairement. Ce détail fit rire trois cuirassiers, deux dragons et six tourlourous qui passaient à cette heure solennelle.

Après avoir admiré le langage du garde national, le fameux Rigolo tint non-seulement à l'imiter, mais voulut le dépasser. Il sé plaça donc de façon à arrêter, de parti pris, le premier qui se présenterait. Ce fut un gentleman de la plus belle eau.

— Monsieur, monsieur, lui cria le zélé voltigeur, vous ne pouvez entrer, vous avez une veste.

— Vous plaisantez, militaire, mon tailleur habille tout le faubourg Saint-Germain et ne fait pas ce genre de vêtement. Je ne comprends pas votre observation.

— C'est possible, répondit Rigolo en croisant la baïonnette, mais à mon point de vue c'est une veste. Allons, au large.

Devant cet irrésistible argument, le fashionable se garda bien d'insister et se retira en assurant qu'on allait entendre parler de lui.

L'avocat contemplant cette scène, l'arme au bras, se garda bien d'intervenir et se contenta de rire aux larmes.

A la suite de cet incident, un maître de pension tenta de pénétrer dans le jardin avec une trentaine d'élèves.

— Êtes-vous le parent de ces enfants? lui demanda Rigolo.

— Non, factionnaire, mais je suis leur professeur.

— Alors, vous ne pouvez aller plus loin, la consigne dit que les enfants doivent être accompagnés de leurs parents.

Quant à la tenue des dames, Rigolo eut un éclair de bon sens en confondant les chapeaux et les bonnets, ce qui n'étonnera personne.

Les ébats du voltigeur animèrent le garde national, l'émulation s'en mêla; aussi, dans son zèle, prit-il la ferme résolution de laisser à son collègue la police des chrétiens et de s'occuper exclusivement de celle des chiens, ce qui n'était pas une petite affaire.

Convenons en passant que ces gens-là comprenaient la division du travail, ce principe économique qui enfante des merveilles.

Bref, dans sa spécialité, le membre du barreau faisait des prodiges. Le bon public étonné admirait son impartialité. Les gentillesses de monsieur Médor ou de mademoiselle Follette ne parvenaient pas à le corrompre. Ce factionnaire s'appliquait, en sa qualité de démocrate, à ne pas imiter les gouvernants, si critiqués sous tous les régimes.

Vingt fois déjà les efforts du vaillant garde national avaient été couronnés d'un succès d'estime décerné par un public enthousiaste, lorsque, en se baissant pour parlementer avec un audacieux caniche, il vit avec effroi son bonnet à poil rouler dans la poussière et aussitôt saisi par l'intelligent animal.

Aux cris du public, aux jurons du factionnaire, le chien affolé prit sa course en se dirigeant vers le grand bassin ; les fenêtres du palais s'ouvrirent avec fracas; les princes, les princesses et, dit-on, le Roi lui-même, parurent au balcon. L'adjudant du château fit prendre les armes aux différents postes; toutes les grilles furent fermées, et les gardiens ignorant ce qui se passait se permirent de fouiller les promeneurs. A la pensée qu'on les prenait pour des voleurs, une quinzaine d'entre eux se révoltèrent et furent arrêtés pour rébellion.

Enfin, après une course extravagante, le chien harassé lâcha sa proie à la désolation de messieurs les gamins.

Les grilles se rouvrirent et la circulation fut rétablie.

Vingt-sept rendez-vous furent manqués ce jour-là.

L'avocat en fut quitte pour un rhume de cerveau qui le tint quinze jours à la chambre. Les juges durent se réjouir de cette aventure qui arrêta pendant un certain temps, à leur grande satisfaction, les flots d'éloquence du disciple de Démosthènes.

Les sergents de ville de ce temps-là — ne pas confondre avec les gardiens de la paix — dressèrent procès-verbal.

Monsieur Chicano, l'avocat décoiffé, prit bonne note de la chose, et intenta un procès au propriétaire du chien, comme civilement responsable des faits et gestes de l'animal.

Après deux ans d'une procédure très-active, le chien, dans la personne de son maître, se vit condamner à 3 fr. 50 de dommages et intérêts et aux frais qui s'élevèrent seulement à 430 francs et quelques centimes. A peine parlerons-nous du franc d'amende dont ledit maître fut encore frappé, pour avoir négligé de serrer le museau de son caniche dans l'illogique muselière, dont l'usage créa plus de chiens enragés qu'il n'empêcha de morsures.

Monsieur Chicano soutint sa cause lui-même et refusa, dit-on, le concours du bâtonnier de l'ordre.

Les journaux du temps affirmèrent qu'il fut question de décorer le célèbre avocat, mais il paraît certain que ce bruit n'avait aucune consistance. Peut-être l'histoire suivante que nous nous trouvons dans la nécessité de rapporter pour compléter ce récit, influença t-elle le Ministre et contribua-t-elle à faire changer ses résolutions !

M. Chicano de garde à l'Hôtel-de-Ville.

Un jour que l'avocat Chicano était de garde à l'Hôtel-de-Ville, il lui prit la fantaisie d'aller déjeuner avec deux camarades au café de la garde nationale, sans prendre en considération son heure de faction.

En conséquence, il partit en tapinois, s'installa et se mit à manger avec un appétit féroce.

Au dernier coup de midi, le tambour fit irruption dans la salle du festin, et dit très-respectueusement à l'avocat :

— Faites excuse, monsieur Chicano, on m'envoie vous prier d'avoir la bonté, si c'est un effet de votre complaisance, de. venir prendre la faction, ça fera bien plaisir au capitaine.

— Très-bien, tambour, répondit l'avocat, je vous sais gré de vos égards; mais, avouez que ces messieurs manquent à toutes les convenances en essayant de déranger un homme de mon importance, lorsque cet homme accomplit le plus saint des devoirs. Tenez, tambour, videz ce verre qui vous tend les bras, et allez dire à votre capitaine que je suis indisposé! Ajoutez que je l'autorise à me faire remplacer.

— Mais, Monsieur, répliqua timidement le tambour, le capitaine est seul au poste.

— C'est là son tort, et vous conviendrez, intelligent et honorable tapin, que ceci ne me regarde pas. Tenez, buvez ce second verre, ça vous donnera de l'aplomb.

Le musicien à tour de bras, rafraîchi mais non convaincu, se retira fort embarrassé.

Il était heureusement un homme de ressource.

— Mon capitaine, dit-il, en rentrant au poste, je viens de voir monsieur Chicano, il allait consulter le pharmacien, son état est alarmant; néanmoins, il s'est engagé à faire tous ses efforts pour achever sa garde..... Il paraît avoir bien du courage.

Le capitaine, sans s'occuper des factionnaires éloignés, s'empressa d'aller prévenir celui qui était devant les armes en l'engageant à prendre patience.

— C'est bien le diable, lui dit-il, si d'ici une

heure il n'arrive pas un homme pour vous relever.

Le factionnaire, ancien soldat rompu à la discipline, se contenta de grogner, ce qui étonna d'autant plus le capitaine qu'il savait qu'en pareil cas les gardes nationaux rentraient tout simplement au poste, et posaient leur fusil au râtelier.

En présence de ce respect des règlements, l'officier se frotta les mains en se félicitant d'avoir su former de pareils hommes.

Le lieutenant, arrivé à midi vingt minutes, apprit de son chef que monsieur Chicano, assez sérieusement malade, devait être retourné chez lui puisqu'il n'était pas revenu, c'était présumable; à part cet incident, le capitaine avait ajouté : rien de nouveau.

Quelques minutes après, le sergent arriva tout essoufflé et rouge comme un coq. Il venait, en vue des élections prochaines, de boire quelques canons avec des gardes nationaux influents. Dans cette réunion préparatoire, on avait agité la question de dégommer le capitaine qui se montrait beaucoup trop sévère. Il faisait du zèle!

— Ah! mon cher sergent, s'écria le lieutenant, que je suis heureux de vous voir! Je vous attendais avec impatience. Figurez-vous que j'ai un rendez-vous à une heure moins un quart pour prendre le café.

Relativement au service il n'y a rien de nouveau, si ce n'est qu'un de nos hommes est tombé subitement malade, c'est peut-être une attaque d'apoplexie. Vous devez le connaître; c'est monsieur Chicano, l'avocat de la rue du Petit-Carreau. Je ne vois pas le brancard, il est très-probable qu'on s'en sera servi pour le transporter. A propos, le factionnaire qui est devant les armes, fait une vie de polichinelle; tâchez donc de trouver quelqu'un pour le remplacer, notre tapin cherche inutilement dans tous les cafés et les cabarets.

Adieu, je serai le moins de temps possible.

Dites-donc, sergent, avant de nous quitter, voulez-vous prendre quelque chose en face?

— Non, merci, mon lieutenant, je ne me sens pas à mon aise, *j'ai mal aux cheveux;* et puis il est impossible de laisser le poste seul.

— Vous comprenez, dans ce cas-là, nous n'aurions pas été longtemps, et en mettant la clé dans notre poche, il n'y aurait aucun danger; mais du moment que vous êtes indisposé, mon cher sergent, je n'insiste pas.

Aussitôt le lieutenant parti, le sergent plaça les uns sur les autres les meilleurs matelas du corps de garde, retira ses bottes, déboutonna sa capote qui le serrait un peu, ôta son col, et se mit à dormir.

Le sergent était auvergnat de son état, nous voulons dire charbonnier. Or, au moment où il rêvait qu'il pinçait la taille de la bonne d'un de ses clients, il fut réveillé en sursaut par l'arrivée du chirurgien-major qui venait au galop dans un cabriolet découvert.

— Quoi de nouveau, sergent, s'écria-t-il? Voyons, dépêchez-vous..... répondez-moi..... vous vous chausserez après!

— Mais, mon major, il y a..... qu'il y a..... qu'on m'a dit..... qu'il y avait un garde si malade que le capitaine l'a mis sur un bracard et l'a porté chez lui.

— Comment! lui-même? Voyons, sergent, réveillez-vous. Quel est cet homme?

— Attendez, je vas vous dire, mon major, c'est un nommé Chicano qui reste rue du

Petit-Carreau,134,136,138 ou 140. Allez, entre nous, vous pouvez bien vous dispenser de lui donner vos soins, car s'il mourait ça ne serait pas une perte; c'est un animal qui m'a fait condamner à quinze jours de prison et 50 francs d'amende, parce qu'il manquait 100 kilos de bois sur une livraison de 500 que je faisais à un de ses voisins, comme si ça le regardait; vous comprenez, mon major, que c'était une erreur. J'étais innocent.

— C'est bien, sergent, je n'ai pas le temps d'écouter toutes vos balivernes; vous abusez de ma patience, je suis pressé, j'ai trois amputations à faire aujourd'hui.

Le chirurgien, tout gros qu'il était, s'élança dans sa voiture au risque d'en briser les ressorts, et se fit conduire au domicile de monsieur Chicano. Madame le reçut le sourire aux lèvres; il resta stupéfait.

Les porteurs, pensa-t-il, se seront arrêtés pour prendre un verre de vin, ou peut-être, je n'ose y croire, le pauvre avocat sera mort en route. Mon Dieu! comment vais-je me tirer de là? Cette dame est si avenante, si gracieuse! J'ai beau être chirurgien, je suis sensible et je ne voudrais pas être confondu avec un garçon d'abattoir.

Enfin, prenant son courage à deux mains, il entama ainsi la conversation :

— Madame, avez-vous des nouvelles de monsieur votre mari?

— Monsieur le docteur, mon mari est au poste; il m'a promis de rentrer pour dîner, si les exigences du service le permettent, car monsieur Chicano est esclave de son devoir.

— Sans doute, madame, c'est fort beau; mais il est des circonstances où les évènements sont plus forts que la volonté.

— Que dites-vous, docteur? Serait-il arrivé un malheur à mon chéri? Je le sens, c'est un coup que je ne supporterais pas.

En disant ces mots, la pauvre dame perdit connaissance et se laissa choir dans un fauteuil capitonné.

— Au secours! au secours! s'écria le docteur.

Deux bonnes arrivèrent, et après des soins empressés, madame ouvrit les yeux, à la satisfaction du disciple d'Esculape qui constata qu'ils étaient forts beaux. Ce détail lui fit oublier pendant quelques minutes le mari de la dame et les amputations qu'il avait à faire. Bref, revenant à la réalité, il chercha à consoler la malheureuse épouse, et lui proposa de monter dans la voiture qui l'attendait à la porte afin d'aller ensemble à la recherche du célèbre avocat.

Après avoir pris son chapeau, son châle, madame lissa ses bandeaux, changea ses boucles d'oreilles, prit son bracelet etc., etc., et sortit avec le galant docteur.

Le cabriolet partit à fond de train, et la conversation fut très-animée.

On arriva promptement en vue du poste.

— Si vous le permettez, madame, nous nous arrêterons ici, dit le chirurgien; voici le café de la garde nationale; le maître de cet établissement est très au courant de tout ce qui se passe, et nous puiserons auprès de lui des renseignements exacts.

Un des garçons du café croyant le docteur en bonne fortune fit entrer le couple dans un petit cabinet isolé. Voilà sans doute une femme qui pèche pour la première fois..... se dit-il en lui-même; ses yeux sont humides, elle

a dû verser d'abondantes larmes avant de succomber. On devrait abolir l'uniforme, ce serait
une excellente chose dans l'intérêt de la morale. Les femmes ne peuvent résister ni à l'é-
paulette ni aux broderies... c'est effrayant!

Ah bien! tant pis, si jamais je m'établis à
mon compte, je suivrai le courant; je me por-
terai chef de bataillon, et dès que j'aurai la
graine d'épinards..... alors, alors, je me ferai
un verre de bon sens!... Il y a trop longtemps
que je suis vertueux!

Le chirurgien-major fit appeler le patron
qui s'empressa de se rendre à ses ordres.

— Monsieur, nous venons, madame et moi,
vous demander si vous avez entendu parler
de ce qui est arrivé à monsieur Chicano!

— Rien de grave, répondit le limonadier,
il a même bien ri de l'aventure. Figurez-vous,
docteur, que tout le monde s'en est mêlé; le
tambour a dit que monsieur Chicano était
malade, afin de lui permettre d'achever son
déjeuner, et ensuite capitaine, lieutenant et
sergent se sont plu à exagérer les choses, de
telle sorte que ça vous a occasionné un déran-
gement inutile.

— Merci, Monsieur, vous venez de soulager mon pauvre cœur, s'écria madame Chicano; mais alors où donc est mon mari?

— Ici, Madame, il termine une partie de
billard; je crois même qu'il est en veine, c'est
la quinzième qu'il gagne. Je vais le prier de
venir.

Quelques minutes après, monsieur Chicano
arrivait tout glorieux, le visage enluminé,
tenant à la main une queue d'honneur qu'on
venait de lui décerner. Tout s'expliqua, et
le brave avocat obtint facilement son pardon.

On rit beaucoup, on but plus encore.

Avant de terminer cet épisode, nous devons
ajouter que, la séance paraissant se prolonger,
madame Chicano, qui avait bon cœur, crut
devoir rappeler au docteur qu'il oubliait ses
malades.

— Ne vous tourmentez pas, Madame, répondit-il, mes visites sont terminées. J'avais,
il est vrai, des amputations à faire, mais
à la rigueur je puis m'en dispenser; nous
avons d'autres moyens de guérison. Je n'y
tenais aujourd'hui qu'à cause des élèves de

ma clinique; c'était une occasion de leur former la main.

On dit, peut-être est-ce un cancan, que pendant plusieurs années la dame et le docteur gardèrent le souvenir de cette rencontre et qu'ils en rirent souvent..... dans l'intimité!

Monsieur Chicano n'était pas jaloux!

Les bavardages de Rigolo.

Revenons à nos moutons, ou si vous voulez à Rigolo!

Rigolo avait les qualités de ses défauts; bavard, inconséquent, il était d'une complaisance à toute épreuve, et se mettait volontiers à la disposition de tout le monde; trop souvent on abusait de lui. Le fourrier Raoul était son dieu; aussi le naïf brosseur, tout en cirant et en astiquant, lui contait-il ce qu'il avait appris sur l'un ou sur l'autre.

— Mon fourrier, dit-il un jour, j'en connais une bonne! Figurez-vous que le fourrier Galembert m'a fait faire hier deux heures de faction dans la Grande-Rue en face le numéro 23; il m'avait dit : « Tu vois, Rigolo, la particulière qui est à la fenêtre du premier; eh bien, tu vas rester là, et si elle sort, tu la suivras sans en avoir l'air. Je tiens à savoir où elle va dans la journée; surtout ne parle de ça à personne. » Vous comprenez, mon fourrier, je ne l'ai dit qu'à vous et au brosseur du capitaine Fribourg; mais celui-là, il n'y a pas de danger, c'est un pays.

— C'est bien, c'est bien, laissez-moi; les affaires de monsieur Galembert ne me regardent pas.

Rigolo resta tout penaud. Mon Dieu! mon Dieu! pensa-t-il, si le fourrier allait commettre une indiscrétion, monsieur Galembert saurait bien trouver l'occasion de me mettre au clou.

Tout en imposant silence à son brosseur, Raoul conçut le projet de faire parler son collègue; il n'était pas fâché de sonder le terrain. Chacun a sa petite pointe de curiosité.

Confidences.

Le lendemain, les deux fourriers étaient au café et causaient intimement.

— Mon cher Galembert, disait Raoul, dans

l'espoir de provoquer ses confidences, figure-
toi que j'ai fait hier la connaissance d'une
petite ouvrière en dentelles.

— Comment, tu donnes dans les ouvrières?
répondit Galembert; singulier goût, ma foi.

— Mais, mon cher, parmi les ouvrières, il
y a de beaux brins de fille, et puis nous autres
sous-officiers, nous n'avons pas le droit de
nous montrer si difficiles.

— Je ne partage pas ton avis. La nature,
en me favorisant, m'a permis d'être exigeant;
j'ai la prétention d'épouser une héritière et je
dédaigne les banalités; je suis bien de ma
personne, et, à la mort de mon oncle, je pos-
séderai un assez bel avoir.

— Comment, toi, Galembert, un homme
intelligent, tu comptes sur l'héritage de ton
oncle? Mais c'est aléatoire; un oncle ne doit
absolument rien à ses neveux.

— C'est bien; du moment où tu nies les
sentiments les plus saints, ceux de la famille,
restons en là.

— Galembert, tu te trompes singulièrement en interprétant ainsi ma pensée. J'aime
la famille en général, et la mienne en par-

ticulier, et c'est dans son sein que je me propose de chercher mes amis; mais je t'affirme cependant que si mes parents ne répondaient pas à mon attente, je ne me ferais aucun scrupule de placer mes affections ailleurs.

Pour en revenir à toi, je souhaite la réalisation de tes rêves.

— Apprends donc, mon cher Raoul, que la réalisation de mes rêves n'est pas aussi éloignée que tu parais le croire. Ici même, j'ai été remarqué par une demoiselle du meilleur monde; et puisque je t'ai fait cette confidence, je vais te prier de prendre certains renseignements que je ne puis obtenir moi-même, dans la crainte de compromettre la charmante enfant qu'ils concernent.

— J'approuve ta délicatesse, mon cher Galembert, et je suis à tes ordres.

Le lendemain, Raoul et Galembert se promenaient devant le n° 23 de la Grande-Rue, et l'amoureux faisait remarquer à son ami qu'une jeune fille, assise près de la fenêtre, en agitait le rideau chaque fois qu'il passait.

— On ne dira pas, ajoutait-il, que c'est

l'effet du hasard; voilà près de quinze jours que dure ce petit manège.

— Demain, sans plus tarder, répondit Raoul, tu sauras à quoi t'en tenir. Je te le promets.

— Ah! mon cher Raoul, je ne sais comment te témoigner ma reconnaissance!

Dès sa première sortie, Raoul apprit que l'appartement de la Grande-Rue était habité par une vieille dame occupant une ouvrière aux mœurs faciles, et que cette jeune personne qui n'avait pour dot que la beauté du diable, s'amusait beaucoup des allées et venues du fourrier Galembert. Il apprit en outre qu'un courant d'air, produit tout bêtement par un carreau cassé, était la cause des mouvements du fameux rideau.

Indiscrétions.

Le même jour, Galembert dînant en ville, Raoul eût la mauvaise pensée de raconter à la pension des sous-officiers tout ce qu'il savait. L'affaire n'étant pas sérieuse, il crut pouvoir l'ébruiter sans inconvénient.

Ces messieurs qui aimaient à rire formèrent le projet de n'en pas laisser échapper l'occasion.

Chacun avait son plan.

Ce fut en vain que Raoul, effrayé de son indiscrétion, tenta d'arrêter les élans de la bande joyeuse! son secret ne lui appartenait plus, il venait de le livrer. Allons, pensa-t-il, j'ai perdu le droit de blâmer Rigolo; nous sommes aussi bavards l'un que l'autre.

Le vieux sergent-major Perrin, très-connu pour sa prudence, ce qui ne l'empêchait pas d'être brave, plaça son mot.

— Messieurs, dit-il, Galembert a du cœur, et je ne le crois pas homme à supporter pacifiquement une mystification; réfléchissez, il en est temps encore. Les blessures faites à l'amour-propre ne se cicatrisent pas.

— Bah! répondirent les dîneurs, nous ne voulons mystifier personne, et nous ne laisserons certes pas Galembert s'avancer d'une façon compromettante.

Le sergent-major du fourrier mis en cause prit alors la parole et dit avec véhémence :

— Ce n'est pas moi, messieurs, qui m'oppo-

serai à ce que vous donniez une leçon à mon
fourrier, je ne puis rien en faire. Il néglige son
service et m'attire des reproches journaliers;
c'est un fat qui se pose en Lovelace. Dès que
vous lui parlerez au nom d'une femme, si vous
affirmez que cette femme est folle de lui, vous
n'aurez aucune peine à le convaincre. A tout
moment, je trouve sur sa table et sur la mienne
des déclarations insensées; il en trace partout
jusqu'au dos des situations et des bons de
pains.

Tenez, messieurs, dans son intérêt, j'offre
le café et le pousse-café à celui qui lui mon-
tera la meilleure scie. Ecrivez-lui, faites du
style, rien ne le flattera comme une brûlante
épître.

Allons, messieurs les fourriers, à l'œuvre,
c'est un concours, ne refusez pas l'occasion
de vous amuser. Je ne veux pas la mort du
pécheur, bien au contraire; il s'agit tout simplement de prouver à Galembert, sans cependant le froisser, que les femmes se moquent
de lui, et que cette fois encore il s'illusionne.

Trois fourriers, y compris Raoul très-par-
tisan de ce programme, se mirent au travail,

et, dix minutes après, la prose de ces messieurs était lue par l'adjudant Sigismond qui présidait la table.

« Monsieur, disait la première lettre :

» Il ne m'appartient peut-être pas de jouer » à la femme forte, en me plaçant au-dessus » des préjugés; mais enfin, je vous l'avoue le » rouge au front, je ne puis comprimer les » élans de mon cœur. Je vous aime! »

— Assez, assez, s'écria la galerie, ça n'a pas le sens commun..... c'est invraisemblable..... c'est idiot, une femme n'écrit pas de pareilles choses.

— Eh bien, Messieurs, dit le sergent-major de Galembert, je suis forcé d'avouer que le style de cette lettre ferait pâmer d'aise mon orgueilleux fourrier. Mais, enfin, voyons la suivante.

« Monsieur, reprit l'adjudant :

» J'ai appris votre nom par la fille de la » cantinière de la 3ᵐᵉ du second..... »

— Mauvais début, s'écria un des assistants.

— Faites-en autant, répliqua assez vivement un fourrier, probablement l'auteur critiqué.

— En tout cas, il ne faudrait pas avoir inventé la poudre pour fabriquer un tel chef-d'œuvre!

— Silence, silence, n'interrompez pas.

— Messieurs, je continue :

« C'est elle qui blanchit ma voisine. Venez, » mardi soir, lui apporter quelques faux-cols, » je m'y trouverai..... »

Il n'y eut qu'un cri. C'est insensé, les soldats ne portent pas de faux-cols, et monsieur Galembert ne voudrait pas aller chez une blanchisseuse.

— Messieurs, je vais vous lire la dernière lettre; mais avant de commencer, permettez à votre président d'engager les auteurs des deux premières à ne pas se présenter à l'académie.

Espérons que celle-ci va mériter nos suffrages!

« Aimable jeune homme,

» Il me faut un bien puissant motif pour » oser vous écrire.

» J'ai été très-involontairement, vous le » savez, l'objet de vos délicates attentions. Or,

» ces attentions mêmes me compromettent à
» ce point que ma tutrice a formé le projet
» de m'envoyer au fond de la Bretagne.

» C'est donc avec confiance que je viens
» vous supplier de renoncer à moi. Nous som-
» mes jeunes. Il nous reste l'avenir.

» Adieu! ou plutôt au revoir!

» Julia de Rosalbec. »

— Bravo! bravo! s'écrièrent à la fois tous
les assistants; l'auteur! l'auteur!

— Cette lettre est de notre ami Raoul,
répondit monsieur Sigismond.

Le sergent-major Perrin, le moraliste, convint que la dernière rédaction allait clore
l'incident, et qu'elle prouverait à monsieur
Galembert qu'il était discret d'en rester là.

Raoul, rentré à la chambre, recopia son
brouillon en changeant son écriture; puis il
ferma sa lettre, et y apposa un cachet repro-
duisant les initiales de mademoiselle Julia de
Rosalbec.

Rigolo fut chargé d'aller mettre la lettre à
la poste, ce qui n'offrait aucun inconvénient,
puisqu'il ne savait pas lire.

Le célèbre brosseur partit en courant, Raoul lui ayant expressément recommandé de ne pas perdre une minute.

A peine Rigolo eut-il parcouru mille mètres qu'un sous-officier lui barra le passage et l'interpella sévèrement.

— Pourquoi ne me saluez-vous pas?

Bon, se dit le pauvre diable en reconnaissant le fourrier Galembert, monsieur Raoul lui aura parlé du n° 23, et je vais payer les pots cassés; je m'y attendais!

Malgré son émotion, Rigolo essaya de s'excuser :

— Mon fourrier, balbutia-t-il, je ne vous voyais pas; j'allais au bureau de poste de la Grande-Rue porter la lettre que voici : on m'avait dit de me dépêcher, et alors je courais.

Pour toute réponse, Galembert qui venait d'apercevoir son nom sur l'adresse, s'empara du pli, déchira l'enveloppe et lut avec stupeur!

— Qui vous a chargé de cette commission?... voyons, ne tremblez pas... Répondez donc, double brute.

— C'est... c'est... le fourrier Raoul, marmotta le malheureux Rigolo plus mort que vif.

Galembert s'élança vers la caserne, entra
comme une bombe dans la chambre de son
collègue et l'apostropha très-vivement.

Raoul, loin de s'attendre à un dénoûment
aussi prompt, ne perdit cependant pas son
sang-froid et avoua timidement qu'ayant appris que la demoiselle en question était une
gourgandine, il avait eu la mauvaise pensée
de s'amuser un instant. Il accompagna ces
paroles d'un sourire forcé.

Pour toute réponse Galembert se contenta
de lui dire :

— C'est bien, monsieur Raoul, veuillez à
l'avenir vous dispenser de m'adresser la parole, vous êtes un faux ami.

Très-peu soucieux de faire connaître son
aventure à ceux qui se trouvaient là, il n'ajouta
pas un mot de plus, et se retira en rongeant
son frein.

— Vraiment, se dit Raoul, Galembert vaut
mieux que moi. Je vais faire tout au monde
pour qu'il oublie mes torts.

Quelle eût été ma position si au lieu de

prendre froidement les choses, ce garçon se fût emporté comme c'était son droit? Cette question me trouble et me prouve toute l'inconséquence de ma conduite.

Comment répondre à l'homme qu'on a sottement mystifié? Cruelle alternative! Lui offrir une réparation par les armes, ce qui est inique, ou ramper devant lui en abdiquant toute dignité.

Voilà cependant à quoi je me suis exposé. Contre mon habitude, j'ai pris les chemins de traverse!

Dès le soir même, Raoul instruisit tous les sous-officiers de ce qui s'était passé, en les suppliant de paraître l'ignorer. Puis il rechercha toutes les occasions de rentrer dans les bonnes grâces de Galembert, mais sans y parvenir.

A la pension, lorsque les deux fourriers étaient présents, la conversation cessait d'être générale; si Raoul, dans un moment de gaîté, parvenait à charmer son auditoire, on voyait aussitôt l'œil de Galembert se vitrer et son visage s'assombrir.

Il se recueillait!

Brisez les jouets d'un enfant, détruisez les illusions d'un homme, vous vous serez créé un ennemi.

Chaque jour et à chaque heure du jour le cœur de Galembert se resserrait. Il analysait le geste le plus simple et commentait le mot le plus innocent de ceux qui l'approchaient. Chacun avait scrupuleusement gardé le silence, et cependant il était persuadé que tout le monde connaissait sa mésaventure. Galembert allait jusqu'à supposer, ce qui était possible, que le brosseur Rigolo avait conté la chose dans sa chambrée et dans les cantines.

— Mon Dieu! mon Dieu! s'écriait le pauvre garçon, en exagérant la position, je ne jouis plus d'aucune considération; les femmes se jouent de moi, les hommes s'en moquent et me méprisent, c'est à devenir fou!

Raoul est un misérable qui a juré de me nuire par tous les moyens. Que lui ai-je fait? Non-seulement il m'a couvert de ridicule, mais il m'a très-inutilement fait entrevoir l'avenir sous les couleurs les plus sombres. Avait-il besoin de chercher à me persuader que je ne devais rien attendre de mon oncle?

A tort, peut-être, je me berçais d'un doux espoir, et maintenant le doute m'accable. Qui donc a pu le pousser à détruire mes rêves? La jalousie! Il est probable qu'il n'a rien à prétendre, et que ses parents vivent au jour le jour comme des manœuvres.

Pourquoi n'ai-je pas le courage d'exiger de mon implacable ennemi une légitime satisfaction? Je suis l'insulté, j'ai le choix des armes, toutes les chances sont en ma faveur. Ne suis-je pas au dire de tous un excellent tireur? Je puis, je dois tuer cet homme. Puisqu'il a abusé de ma confiance, il m'est permis d'abuser de ma force. Ce qui m'arrête ce n'est pas la peur, c'est la pitié. Ce sentiment puéril finira par s'émousser et alors... alors je me vengerai!

Quoi que très-convaincu que son aventure était connue, Galembert ne voulait pas qu'elle servît de prétexte à la querelle qu'il se proposait de chercher à son collègue. Il n'eut point osé avouer sa rancune. Faire naître un motif paraissait assez difficile, par cette raison que Raoul, très-pacifique de sa nature, ne soutenait aucune polémique, et évitait de prendre part aux moindres discussions dès que Galembert paraissait devoir s'en mêler.

La bombe éclate.

La pension des sous-officiers comptables était bien tenue. La cantinière, madame Galois, soignait son monde; on eût dit une mère de famille veillant à la santé de ses enfants. Cette brave femme avait cependant des préférences, et souvent elle glissait à ses protégés une petite chatterie. Les fourriers avaient une grande part à ses libéralités.

Malgré sa fidélité à la foi conjugale, passée à l'état de proverbe, madame Galois s'occupait fort peu de son illustre époux dont le seul souci consistait, non pas à manger les bénéfices de la maison, mais à les boire. Le père Galois détestait la ligne droite, c'était l'homme des zigzags. Pour enfiler la porte du quartier sans bousculer le factionnaire et le planton, il devait prendre de grandes précautions.

A défaut de son mari, la cantinière se faisait aider par mademoiselle Caroline, une grande fille de dix-sept à dix-huit ans, fort avenante et toujours disposée à rire, ce qui plaisait aux convives.

L'adjudant Sigismond était sérieux, et les sergents-majors s'efforçaient d'imiter sa réserve; quant aux fourriers, ils se disputaient les sourires de la jolie Caroline.

Galembert, malgré ses principes, ne se privait pas de courtiser la jeune fille, mais celle-ci ne prêtait à ses propos galants qu'une médiocre attention; elle savait que les œillades de ce fourrier n'étaient pas un privilège.

Raoul paraissait le préféré de mademoiselle Caroline. Elle usait de mille ruses enfantines pour s'en faire remarquer. Jamais elle ne le servait spontanément; elle attendait qu'il réclamât, ce qu'il faisait toujours sans colère.

Un soir que la petite abusait vraiment de la mansuétude du fourrier, celui-ci lui dit en souriant :

— Mademoiselle Caroline, la première fois que vous me ferez attendre avec intention, je vous embrasse devant tout le monde.

— Vous n'y pensez pas, monsieur Raoul, que dirait mon amoureux?

— Quant à ça, je m'en moque.

En prononçant ces mots, les yeux de Raoul rencontrèrent très-involontairement ceux de Galembert. Ce dernier, emporté par sa rancune et se croyant provoqué, se leva comme un furieux et s'écria :

— Il ne l'embrassera pas! Je l'affirme.

D'un autre côté, la majorité des acteurs de cette scène disait en riant :

— Mais embrassez-la donc, vous voyez bien qu'elle ne demande pas mieux.

En effet, Caroline devenait provoquante.

Raoul, justement blessé de la manière dont Galembert le défiait, lui dit avec douceur :

—— Pourquoi me parlez-vous ainsi, ne voyez-vous pas que chacun plaisante?

—— C'est possible, mais moi, monsieur Raoul Chevalier, si je vous dis que vous n'embrasserez pas Caroline, c'est tout simplement parce que je vous le défends!

— Vous me le défendez! ce mot est étrange; c'est donc une querelle que vous me cherchez? Je ne vois aucun motif qui puisse la légitimer, à moins, cependant, que vous ne me gardiez rancune de l'innocente plaisanterie que j'ai eu le tort de faire dernièrement; s'il en est ainsi, je n'hésite pas à vous présenter mes excuses.

— Des excuses! s'écria Galembert, vous me faites des excuses! Je ne vous croyais pas encore assez lâche pour en arriver là!

La phrase était à peine terminée que Raoul, bousculant les verres, les plats et les assiettes, s'élançait sur l'insulteur et le frappait au visage.

— Messieurs, s'écria l'adjudant, vous oubliez que des sous-officiers ne sont pas des crocheteurs!

En même temps, sergents-majors et fourriers séparaient les combattants.

— Tout cela devait arriver, murmura entre ses dents le sergent-major Perrin, c'est scandaleux. Je vais demander au colonel de faire manger les fourriers à une table séparée. Ces émotions-là ne vont pas à mon tempérament; il faut si peu de chose pour arrêter ma digestion.

Le Duel.

Le sergent Fendar, premier maître du régiment, aussitôt instruit par les gens qui ne rêvent que plaies et bosses, se hâta d'arriver, non pour arranger l'affaire, ce qui n'eût pas été possible, mais pour présider aux destinées des parties, et s'assurer que tout allait se passer loyalement.

Notons que, dans cet instant suprême, messieurs les sous-officiers en étaient au dessert, ce qui veut dire que chacun buvait de l'eau dans un verre, grignotait un quartier de pomme ou savourait un morceau de fromage, qu'il n'eût pas été discret de regarder à la loupe, dans la crainte d'y rencontrer de minuscules habitants. Madame Galois, fort émue, parlait à voix basse avec monsieur Perrin. Quant à la trop séduisante Caroline, cause involontaire de tout ce tapage, elle avait perdu la conscience d'elle-même, ce qui expliquait la présence sur la table des pommes et du fromage, ces choses-là ne se voyant que les jours de fête.

A la vue du sergent Fendar, Raoul se leva et raconta brièvement ce qui venait de se passer. Galembert en fit autant, et tous les deux prièrent le premier maître d'aller trouver le colonel et de lui demander, en leur nom, la permission de se battre.

Le sergent Fendar aimait son état, et son vieux cœur bondissait à la pensée qu'il allait se poser en arbitre dans une question où l'honneur était en jeu. Il avait autrefois, disait-on, réduit à merci tous les sous-officiers du 75ᵉ cuirassiers. D'un autre côté, on affirmait que le sergent Fendar et vingt autres avaient été tués par les sous-officiers de ce même 75ᵉ.

Ces contes ravissaient messieurs les troupiers, en prouvant aux uns que l'infanterie était supérieure à la cavalerie, et aux autres que la cavalerie était supérieure à l'infanterie.

L'esprit de corps, cette dignité toute locale, excusait ces croyances insensées, beaucoup de soldats de ce temps-là n'étant pas assez malins pour comprendre que la suprématie d'une arme ne peut se reconnaître que sur les champs de bataille, et que dans l'armée française le courage n'est pas une spécialité.

Le sergent Fendar obtint facilement l'autorisation qu'il sollicitait du colonel. Tout était donc pour le mieux; néanmoins, une grosse difficulté s'élevait; chacun des deux adversaires prétendait être l'offensé.

Raoul avait été traité de lâche, en pleine table, et Galembert avait reçu le dernier des affronts !

Une ardente polémique s'engagea ; il s'agissait du choix des armes. La discussion menaçait de s'éterniser lorsque Raoul proposa de faire décider cette question par la voie du sort. Ce brave garçon tenait à prouver que la peur ne lui avait pas dicté les excuses qu'il avait si naturellement adressées à Galembert.

Le hasard désigna le sabre.

Raoul comprit aussitôt qu'il était perdu ; mais au calme qui régnait sur son visage, personne ne put deviner sa pensée.

Le sergent-major Perrin, en bon apôtre, offrit un petit verre à Roul, et lui dit :

— Galembert est tellement fort, qu'à votre place je ne serais pas rassuré. Au dernier assaut, le fameux Delpit n'a pu le toucher une seule fois, et vous n'ignorez pas que votre adversaire a été heureux dans tous ses duels.

— Tant mieux, répondit le fier Raoul, c'est

comme au jeu, la chance n'est pas toujours du même côté.

— Tant mieux, si c'est votre avis, mon cher fourrier, mais permettez-moi de ne pas le partager; vous auriez dû insister pour vous battre au pistolet; il peut vous en cuire. Faire des armes, c'est mathématique, les coups sont connus, les parades sont écrites, et puis le savoir ça trompe rarement.

Réfléchissez, mon ami, que vous n'avez pas même six mois de salle, et qu'entre nous vous ne savez absolument rien, tandis que Galembert est très-fort.

Croyez que je n'entends nullement vous décourager; si je me permets de vous faire ces réflexions, c'est dans votre intérêt; il est préférable que vous sachiez à quoi vous en tenir.

Pendant cet éloquent discours, Raoul eut dix fois l'envie de sauter sur monsieur Perrin et de l'étrangler; il ne parvint à se retenir qu'en pensant au conseil de guerre qui ne pardonne pas ce genre de licence.

Ceci nous rappelle ce que disait un avocat à un de ses clients condamné à mort :

— Que voulez-vous, mon ami, une fois votre

dette payée, on ne vous tourmentera plus!

Raoul dormit-il toute sa nuit? Grave question à laquelle il est difficile de répondre. Levé avant le roulement, il fut exact au rendez-vous.

Adversaires et témoins se dirigèrent vers l'endroit choisi par le premier maître; il y avait vingt minutes de chemin.

Avant d'arriver, on s'arrêta dans une auberge où devait se trouver un des témoins de Galembert, porteur de deux briquets coupant comme des rasoirs. Le sous-officier chargé de cette mission avait pris l'avance, afin de ne pas appeler l'attention des flâneurs très-disposés à suivre les péripéties des duels trop fréquents à cette époque.

Aussitôt les verres s'emplirent. Le fourrier Galembert paraissait chercher au fond du sien le courage et le sang-froid; contre ses habitudes, il buvait avec avidité. Raoul, calme et digne, se contentait de mouiller ses lèvres; le contraste était frappant.

Après une assez longue pose, le sergent premier maître se leva et prit la parole :

— Allons, Messieurs, en route!

Quelques minutes plus tard, on arrivait sur le terrain, charmant plateau entouré de vertes charmilles, bien plus faites pour inspirer la poésie que le carnage. Hélas! ici-bas les extrêmes se touchent!

Le combat ne devant pas se terminer par un simple coup de manchette, des gants crispins furent donnés aux deux adversaires.

Galembert avait la face colorée, les yeux brillants.

— Il faut en finir, criait-il, il y a trop longtemps que je me fais une fête de satisfaire ma colère.

Raoul, épouvanté de l'effervescence de son collègue, s'approcha d'un des témoins et lui fit entendre que, prudemment, il fallait remettre un combat qui lui paraissait impossible.

— Impossible, répéta Galembert, qui avait saisi la phrase au passage; je vais, monsieur Raoul, vous apprendre à douter de moi; votre générosité me fait pitié! vous feriez bien mieux, misérable que vous êtes, d'implorer la mienne!

Ce fut par le plus profond dédain que Raoul répondit à cette nouvelle insulte.

Les adversaires placés à la distance voulue, le sergent Fendar prononça d'une voix solennelle ces mots qui font toujours frissonner les témoins :

— Allez, Messieurs, allez !

D'un même élan, Raoul et Galembert s'avancèrent résolûment l'un vers l'autre.

Galembert attaquait avec furie; il était épouvantable à contempler. Il eût été difficile de reconnaître dans cet homme le brillant tireur qu'on admirait en salle.

Raoul se contentait de parer, et rompait avec une rapidité incroyable; il évitait ainsi les coups de son adversaire; mais ensuite il reprenait l'offensive avec tant d'audace, qu'il ne perdait pas un pouce de terrain.

Deux minutes au moins se passèrent sans qu'il fut possible de supposer comment allait se terminer ce terrible combat, lorsque la lame de Raoul s'engagea dans la poignée du sabre de Galembert, et lui scia le doigt. Le malheureux, dans son exaltation, s'était enferré lui-même.

Le sang coulait à flots.

Le premier maître et les témoins se précipitèrent entre les combattants.

Dans la crainte d'un coup de désespoir, Raoul était resté sur ses gardes.

Galembert pâlissait affreusement et hurlait :

— Battons le fer pendant qu'il est chaud, il me reste une main, je ne suis pas vaincu !

Les assistants s'opposèrent à l'accomplissement de ce désir sauvage.

On dut lutter contre Galembert pour l'empêcher d'arracher avec ses dents les lambeaux de son doigt sanglant.

Sur le terrain même on essaya de panser le blessé, et on engagea Raoul à s'éloigner, espérant ainsi mettre un frein à la fureur de son adversaire. Le pauvre garçon obéit à regret ; il eût voulu se rendre utile en apportant quelques soulagements aux souffrances de son collègue.

Le tambour Laduré.

A peine Raoul eut-il fait vingt pas et traversé une haie fort épaisse, qu'il se trouva face à face avec un tambour nommé Laduré qui appartenait à sa compagnie. Cet homme brandissait son sabre en s'écriant :

— Ah! quel bonheur, mon petit fourrier!

— Que voulez-vous dire? Que faites-vous ici? répondit froidement Raoul.

— Ce que je fais ici! c'est pas malin à deviner : J'ai appris par Rigolo que vous aviez un duel, et j'étais venu pour vous venger!

— Comment me venger! mais vous êtes fou, vous ne pouviez vous battre avec votre supérieur.

— Non, mon fourrier, mais je voulais tout bonnement l'envoyer dans l'autre monde. Croyez-vous que j'aie oublié ce que vous avez fait pour moi? Dans quelques mois, je vais revoir ma mère, mes bonnes petites sœurs, et c'est à vous que je le devrai. Je veux leur apprendre à vous aimer, à vous bénir! Je n'ignore pas que c'est grâce à vous que je suis resté au régiment. Au moment de l'inspection, j'avais 352 jours de punition, il n'en fallait que 300 pour être envoyé aux compagnies de discipline. Le général était inexorable, et au risque de vous compromettre, vous n'en avez déclaré que 252, vous, mon fourrier, qui ne mentez jamais!

— Eh bien! quoi de plus naturel! si vous

8

avez certains défauts, ne les rachetez-vous pas par d'excellentes qualités?

— Ce n'est pas tout, mon bon petit fourrier, rappelez-vous aussi qu'un certain soir, rentrant ivre, j'ai voulu vous frapper, et que, généreusement, vous avez refusé de faire un rapport contre moi, malgré le conseil des sergents qui se trouvaient là. Tout tapin que je suis, j'ai la mémoire du cœur; ma mère m'a toujours dit : Ne sois jamais ingrat!

— Allons, mon ami, reprit Raoul, calmez-vous, rentrez au quartier. Je ne suis pas blessé. Dormez en paix, vous avez cent fois payé votre dette.

Le fourrier et le tambour se tendirent la main sans qu'un spectateur attentif eût pu dire de quel côté en était venue l'initiative.

Une mutuelle estime rend les hommes égaux.

Les sous-officiers eurent le rare bon sens de ménager l'amour-propre de Galembert, et le consolèrent de son échec en attribuant au hasard seul ce qui lui était arrivé. Ils parvinrent même à le décider à accepter le concours de Raoul, ce brave garçon ayant offert spontanément de se charger du travail de son collègue.

Pendant un mois, Galembert fut dans l'impossibilité de se servir de sa main.

Les deux fourriers redevinrent amis, suivant en cela l'exemple de leurs devanciers.

Au régiment, la rancune est inconnue.

Raoul et Galembert répétaient souvent : Avons-nous été bêtes!!

En effet, que signifient les combats d'homme à homme, de nation à nation? Est-ce toujours celui qui a tort qui succombe? Ne serait-il pas plus sage de faire juger ses différends par un tribunal suprême?

Sans voir les choses d'aussi haut, ne pourrait-on pas suivre l'exemple de ce naïf conscrit qui, devant aller sur le terrain, disait au premier maître :

— Sergent, par où allons-nous commencer?.

— Ça va tout seul, par vous rafraîchir à coups de sabres.

— Et ensuite, mon sergent?

— Ensuite, jeune blanc-bec, si vous êtes des hommes, vous vous tendrez la main.

— Pour lors, sergent, sauf le respect que je

vous dois, j'aime mieux commencer par là, ça
me paraît plus simple !

N'oublions pas de dire que lorsque Laduré
reçut son congé, il tint à embrasser son petit
fourrier.

— Les montagnes ne se rencontrent pas, lui
dit-il, tout ému, mais les hommes c'est différent. A bientôt, au revoir !

Après la pluie vient le beau temps.

A la pension des sous-officiers-comptables,
tout le monde avait repris de joyeuses allures. Monsieur Perrin lui-même ne manifes-
tait plus aucune inquiétude, et ses digestions
étaient excellentes !

Les Conséquences d'une représentation théâtrale.

Un fourrier, ancien artiste dramatique, eut
l'idée de former une troupe. Le colonel en
ayant accordé l'autorisation, on débuta par la
Cocarde tricolore, pièce de circonstance. Le
rôle du sergent Dufour, confié à Raoul, lui
donna l'occasion de constater qu'il n'avait aucune vocation pour le théâtre; messieurs les
titis ne lui permirent pas d'en douter.

Le fidèle Rigolo ayant désiré accompagner son chef, le régisseur en fit un bédouin au teint bronzé, et lui expliqua qu'il serait chargé de garder à vue le fameux Lacocarde.

— Vous ferez bien attention, lui dit-il, votre prisonnier doit vous bousculer et s'échapper; c'est dans son rôle. Il s'agit donc de faire un simulacre de résistance.

Malgré cette recommandation, le pauvre figurant, épouvanté par l'air menaçant de Lacocarde, se laissa tomber comme une masse sur la toile du fond, qui représentait un mur de granit, et la creva. Cette chute fut le signal d'un immense éclat de rire dont les échos de la salle retentirent pendant plus d'un quart d'heure.

Rigolo se releva tout confus et surtout désespéré, en s'apercevant qu'il prenait un bain de siége dans le liquide destiné à rendre à son visage sa couleur primitive.

Nous devons dire que le brosseur de Raoul, craignant qu'on ne lui jouât quelques mauvais tours, avait eu la précaution de remplir d'eau une grande terrine, et de la cacher derrière un décor; c'était précisément cette terrine qu'il venait de briser avec..... fracas! Ce fut en vain qu'il chercha un nouveau vase, les autres figurants, occupés à se débarbouiller, avaient tout accaparé.

Rigolo dut se résigner à rentrer au quartier, et prit même l'avance afin d'éviter les quolibets.

Le factionnaire, un conscrit, surpris de se trouver nez à nez avec un moricaud qu'il prenait sans doute pour un délégué du diable, refusa de le laisser approcher.

Le malheureux brosseur parlementa inutilement, et finit par s'écrier :

— Je vais aller me plaindre à mon capitaine !

Il ignorait que cet officier était parti en permission depuis deux jours.

Arrivé chez son chef de compagnie, Rigolo sonna plusieurs fois. La domestique vint enfin ouvrir; mais dès qu'elle vit la figure noire du fusilier, elle poussa la porte avec tant de vivacité, que ce malheureux resta pris par le pan de sa capote, et qu'il lui fut impossible de se dégager.

Madame la capitaine appela sa bonne.

— Voyez-vous, Catherine, ça doit être un voleur ou un assassin, il cherche à crocheter la serrure ; videz-lui sur la tête le contenu de la fontaine et celui de tous les vases de la maison.

Ce qui fut dit fut fait, et ces dames, par une raison facile à comprendre, n'obtinrent aucun résultat.

L'homme était immobile.

— Catherine, s'écria la maîtresse, donnez-moi les pistolets de mon mari. Il faut en finir !

— Madame n'y pense pas, c'est peut-être un père de famille, répondit la bonne toute tremblante.

— Ah ! vous hésitez, eh bien, je vais vous montrer de quoi je suis capable ; nous autres, dans notre régiment, nous ne tremblons pas !

Joignant le geste à la parole, l'énergique dame fit feu.

La bonne se précipita aussitôt à la fenêtre, et dit en sanglotant : Seigneur, mon Dieu, madame, qu'avez-vous fait ? Vous l'avez tué !

— Tué, tué, vous êtes folle, ma fille, c'est impossible puisque j'ai tiré en l'air.

— Ça n'empêche pas qu'il est mort tout de même, répondit Catherine. La balle aura été frapper sur le mur d'en face, c'est comme qui dirait un ricochet. Madame en sera quitte pour faire une pension à la veuve du défunt, et pour adopter ses enfants. Seulement monsieur ne sera pas content!

Au bruit de la détonation qui venait de troubler les échos, un détachement sortit de la caserne, le factionnaire ayant crié :

Aux armes!!!

Ce fut inutilement que les soldats tentèrent de conduire au poste l'homme que leur désignait madame la capitaine. Transi de froid et de peur il était inerte et paraissait rivé à la muraille. Etait-ce un cadavre?

— Comment, tas de clampins, criait le caporal, vous êtes quatre et vous ne pouvez pas en venir à bout? Attendez, je vais vous donner un coup de main.

Mais au moment où il venait de saisir Rigolo au collet en tirant comme un cheval de renfort, la bonne, prise de compassion, ouvrit la porte et apparut avec une lumière.

La résistance venant subitement à manquer,

le chef et les soldats perdirent l'équilibre, et allèrent rouler dans le ruisseau, avec l'innocent auteur de tout ce tapage.

La secousse ayant fait sortir Rigolo de sa torpeur, la scène changea; de pénible, elle devint burlesque. Le pauvre diable poussa des cris de paon et expliqua son affaire. Il parla de la cocarde, de son écuelle cassée, du factionnaire qui l'avait empêché de rentrer, etc.; enfin, il en dit tant et tant, avec si peu d'éloquence, que madame la capitaine, mademoiselle Catherine, et messieurs les troupiers du 150ᵐᵉ s'imaginèrent qu'ils avaient devant eux un cholérique en transpiration, échappé de l'hôpital.

Le teint bronzé et la tenue négligée du patient pouvaient permettre toutes les suppositions. On eût pu le prendre aussi pour un auvergnat triant des fumerons sous une pluie battante.

Personne n'osait s'approcher du soi-disant pestiféré, lorsque l'adjudant Sigismond, chargé de veiller au grain, et curieux par état, arriva sur le théâtre de l'événement et expliqua la situation.

Dès qu'on sut qu'il s'agissait du célèbre Rigolo, un cri de pitié s'échappa de toutes les poitrines; ce fut à qui lui prodiguerait des soins, et madame la capitaine, émue jusqu'aux larmes, lui fit accepter quelques pièces de monnaie à titre de dédommagement.

A la vue des espèces métalliques, la victime daigna se dérider et oublia ses maux.

Cette malheureuse affaire eut un grand retentissement.

Les représentations théâtrales furent interdites par ordre du colonel.

Raoul destitua son brosseur.

Cette destitution causa un tel chagrin à l'infortuné Rigolo qu'il courut vers la rivière et s'y précipita.

Ses camarades hélèrent un batelier qui s'empressa de se rendre à leur invitation.

Hélas! l'ex-brosseur disparut dans les flots.

Tous les assistants poussèrent des cris déchirants.

Le batelier ramait toujours!!

Enfin, après quelques minutes d'angoisses, on vit reparaître l'idiot, nageant comme un poisson.

L'innocent Rigolo, dans son désespoir, s'écriait :

— Mon Dieu, je n'ai pas de chance, je voulais mourir!

— Alors, imbécile, puisque vous saviez nager, il fallait vous asphyxier, lui dit une vieille femme.

— Ah! pour ça, non, je déteste trop l'odeur du charbon; j'avais cru qu'il suffirait de me jeter à l'eau les bras croisés.

Il était de bonne foi!

Bref, il rentra tout trompé à la caserne, avec un bon rhume.

Un projet de réforme.

Ainsi que nous l'avons dit, l'adjudant Sigismond maintenait l'harmonie, et monsieur Perrin, plus ravi que jamais, en était arrivé à se féliciter de ne pas avoir réclamé du colonel la séparation des sergents-majors et des fourriers. Il reconnaissait que ces derniers avaient du bon, et plus d'une fois à la pension, assis à la même table, il s'était mis à rire en écoutant leurs folles histoires.

L'adjudant prit un jour la parole et fit cette honorable proposition :

— Messieurs, désirons-nous qu'on parle dans toute l'armée française des sous-officiers comptables du 2ᵐᵉ bataillon du 150ᵐᵉ régiment? Oui, n'est-ce pas? Eh bien, je vais vous en donner le moyen.

Appliquons-nous désormais à n'employer que des expressions choisies, et surtout abstenons-nous des jurons que nous proférons trop souvent par habitude.

— Oui! oui! s'écrièrent les assistants.

— Pour obtenir ce résultat, messieurs, décidons qu'une amende de cinq francs.....

— Ah! ah! c'est trop!

— C'est juste, je me trompe, messieurs, je veux dire de cinq centimes, sera infligée à tous ceux qui s'écarteront de la règle admise, et ajoutons que les amendes réunies seront mangées dans un grand banquet à la fin du trimestre.

A l'unanimité le projet fut voté.

Le sergent-major Perrin fit quelques observations, mais on en vint à bout en l'élevant à la dignité de caissier de l'association, ce qui ne manqua pas de flatter sa petite vanité.

A dater de cette décision, les esprits se tendirent, et chacun s'observa; il régnait à la table un silence effrayant.

— Ah! ça, sommes-nous donc devenus des bonshommes de cire? s'écria l'adjudant; nous avons l'air de vrais serins.

— Vous devez un sou, mon lieutenant, répétèrent à la fois tous les convives; le mot serin est impropre dans la bouche d'un gentleman.

— Sacrebleu! vous avez raison, je n'y faisais fichtre pas attention.

— Cette fois ça fait deux sous, sacrebleu et fichtre; si vous allez de ce train-là, mon cher président, hasarda le sergent-major Perrin, vous mangerez votre saint-frusquin.

— Saint-frusquin, mais c'est de l'argot, fit remarquer la jolie Caroline.

— De quoi vous mêlez-vous, petite fille?

— Elle a raison, reprit monsieur Sigismond, vous devez cinq centimes.

— Nom d'un chien, nous allons devenir trop riches, dit en riant Raoul.

— Messieurs, je réclame une petite amende pour mon collègue, s'empressa de dire l'ami Galembert; nom d'un chien n'est pas une expression choisie.

— Bravo! bravo! nos affaires vont à merveille, s'écrièrent en chœur sergents-majors et fourriers.

Les choses marchèrent ainsi pendant plusieurs semaines, chacun versant dans la caisse commune la plus grosse partie de son prêt.

— Ce n'est pas drôle, disait l'un, je n'ouvrirai plus la bouche. Je commence à en avoir assez, disait l'autre, c'est ruineux des inventions comme ça; tout le monde en est du sien, il n'y a que Galembert qui ait eu la prudence de mesurer ses mots.

A la fin du trimestre, monsieur Perrin organisa le banquet. Au dessert, ce grave sergent-major reçut de nombreuses félicitations. Mais il y répondit en engageant les convives à rompre une association qui n'avait produit aucun résultat, personne ne s'étant corrigé.

— Vous le voyez, messieurs, dit-il, l'habitude est une seconde nature. Désormais, gardons-nous d'en contracter de mauvaises, puis-

que nous reconnaissons que nous ne sommes
pas de force à les combattre.

Ces sages réflexions produisirent plus d'effet
sur les esprits que la convention à laquelle on
allait renoncer.

A cela près de quelques rares déplace-
ments, l'existence militaire d'alors ne présentant rien de marquant, Raoul conçut le désir
de retourner dans ses foyers.

Les adieux au drapeau.

Le ministre de la guerre ayant fait savoir
qu'il accordait un certain nombre de congés
illimités par compagnie, le fourrier Raoul
Chevalier se porta le premier sur l'état qu'il
était chargé de dresser. Ce fait étonna les
officiers du bataillon, tant ils étaient persua-
dés que Raoul voulait arriver à l'épaulette.
La perspective de porter un chevron, peut-
être deux, avait dicté sa détermination. La
guerre avait été son rêve, rêve inhumain, mais
très-naturel chez celui qui veut parvenir.

A ces mots: congé illimité, Raoul avait fait
cette réflexion :

— J'ai des bras et du cœur, et c'est bien le diable si je n'arrive pas à faire mon chemin dans la vie civile. Je suis persévérant, et je m'efforcerai d'oublier le lendemain mes efforts de la veille.

Le règne de Louis-Philippe est une ère de paix. La paix amène la prospérité, profitons-en pour nous produire.

J'étais soldat, je vais être citoyen, époux et père! Il y a là de sérieux devoirs à remplir.

L'oisiveté des garnisons ne peut me convenir. Mon imagination est trop ardente, je ne tarderais pas à contracter de funestes habitudes : le tabac, l'absinthe, les querelles, les mauvaises fréquentations. Il faut si peu de chose pour perdre un homme; j'en ai vu succomber de plus forts que moi.

L'ordre du départ des congédiés ne tarda pas à arriver, et chacun s'empressa de rendre son fourniment.

Ce jour-là, après le rapport, notre ami Raoul Chevalier se présenta seul chez le colonel, les huit sergents et fourriers congédiés en même temps que lui ayant refusé de l'y accompagner. Ces sous-officiers avaient subi l'influence d'un opposant.

Le respect humain est une sotte chose devant laquelle la volonté s'aliène, le libre arbitre disparaît.

En présence du refus de ses camarades, et en réponse à certaines réflexions blessantes, Raoul s'était révolté et avait affirmé sa résolution.

— Messieurs, rien ne m'oblige à faire cette démarche, avait-il dit avec énergie, aucun intérêt n'est en cause. Je suis l'élan de mon cœur! Notre colonel est un loyal officier, un chef juste et sévère, et je ne veux pas le quitter sans l'assurer de mon respect; après tout, personne n'est forcé de m'accompagner ; mais quant à me faire changer d'avis, il est inutile d'y songer.

Dès que le fourrier fut entré chez le colonel, l'indispensable sapeur alla prévenir le secrétaire, et ce sous-officier s'empressa de le présenter.

— Mon colonel, dit alors Raoul, veuillez excuser ma hardiesse. Avant de quitter le régiment, j'ai tenu.....

9

Le colonel ne le laissa pas achever et lui répondit :

— Merci, monsieur Chevalier, je vous sais gré de votre visite, et je n'hésite pas à vous avouer que je vous vois partir avec regret; je désire que vous ne vous repentiez pas plus tard de la détermination que vous prenez aujourd'hui. Donnez-moi la main, monsieur, et sachez qu'en toute circonstance le concours de votre colonel vous est acquis!

Ces deux hommes se quittèrent sans articuler un mot de plus.

Arrivé tout ému dans l'antichambre, Raoul se trouva nez à nez avec le sapeur de planton, un vieux cocardier qui n'avait pas l'air endurant.

— Vous êtes bien heureux, mon fourrier, de vous donner de l'air! s'écria-t-il en tortillant sa moustache; il y a cinq ans, j'ai pris un congé de semestre avec l'intention d'en demander un définitif; et puis, patatras, il n'y a pas eu moyen de se remettre à la besogne. Vous savez, le planton, ça m'avait perdu la main. Je m'oubliais à regarder travailler les autres, et le pékin qui m'employait me secouait comme

une vieille mitaine. Allons! que je me suis dit :
j'étais mieux là-bas, faut que j'y retourne; il y
a toujours du pain sur la planche.

Pendant l'éloquent discours de l'homme à
barbe, Raoul était tout distrait; il venait d'a-
percevoir, dans un coin, le drapeau du régiment, et son cœur de soldat avait battu! Alors,
n'y tenant plus, il s'était approché et avait
posé ses lèvres frémissantes sur les franges
de ce glorieux emblème!

— Ventrebleu! s'écria énergiquement le sapeur. Est-ce que vous ne connaissez pas la consigne? Personne n'a le droit de toucher au drapeau.

— Excusez-moi, sapeur, répondit Raoul,
mais au moment de partir j'ai cédé à un entraînement irrésistible.

— Irrésistible tant que vous voudrez, mais
je n'entre pas là-dedans; la consigne est la
consigne, je ne connais que ça.

Après avoir grogné quelques minutes, le
sapeur se calma en constatant que le drapeau
était intact. L'étoffe, la hampe et le coq, rien
n'y manquait; il comprit qu'il venait d'assister à une simple démonstration. Quant à en

connaître la portée, son intelligence ne lui permettant pas de pénétrer dans de telles profondeurs, il se réserva d'en conférer avec le caporal sapeur, un gaillard qui avait la réputation de tout connaître, vu qu'il avait fait sa philosophie à l'école des frères, et qu'il était en outre chevalier de la Légion-d'Honneur.

Le colonel entendant parler dans l'antichambre, entre-bâilla la porte de son cabinet, et saisit ce qui se passait.

Or, cet officier, vétéran des armées victorieuses du grand Empereur, ne put retenir une larme.

— Je suis plus maladroit que le dernier des conscrits! s'écria-t-il, en rentrant dans son appartement où il retrouvait sa jeune femme occupée à déchiffrer une partition.

— Comment cela, mon ami? hasarda madame la colonelle.

— Parbleu, c'est bien simple, je viens de laisser partir le meilleur de mes sous-officiers, un de ces hommes avec lesquels on pourrait faire le tour de l'Europe! Hier encore, en lui donnant un peu d'avancement, il m'eût été facile de le retenir!

— Mais, répliqua l'excellente dame, en quittant son piano, si tu le faisais rappeler; tu pourrais peut-être.....

— Allons! ma chère amie, tu ne réfléchis pas. Toi, la femme d'un officier supérieur, tu devrais savoir que c'est impossible. Lorsqu'un soldat accepte un congé, sa dignité ne lui permet pas de changer d'avis; il serait en butte aux sarcasmes de ses camarades.

On ne manque jamais de demander des nouvelles du four de la maison paternelle, à celui qui revient quelques jours seulement avant l'expiration d'un congé de semestre. Que veux-tu? J'ai commis une faute. L'étude des hommes n'est pas chose facile; c'est cependant un savoir que nous autres, chefs de corps, devrions chercher à acquérir. Désormais, j'entends causer avec mes sous-officiers, et les connaître tous; c'est l'unique moyen d'éviter des regrets tardifs.

Après avoir fait cet aveu pénible et pris une virile résolution, le colonel alluma un cigare, puis un second, et se promena à grands pas sans prononcer un seul mot.

Le lendemain, profitant d'un ordre du jour

qu'il adressait au régiment, le colonel dépeignit avec feu l'émotion qu'il avait ressentie, en voyant un de ses sous-officiers se prosterner avec respect devant le drapeau dont il allait se séparer pour toujours.

— Soldats, ajoutait-il, ceux qui sont animés de si nobles sentiments ne devraient jamais nous quitter!!

Cet officier parlait au nom de la France dont il était l'éloquent interprète.

Ajoutons qu'à la lecture de l'ordre du jour, le planton de la veille avait tremblé de tous ses membres à la pensée que, dans un excès de zèle, il s'en était fallu de bien peu qu'il ne coupât en deux le fourrier Raoul.

Le soir, une orageuse discussion eut lieu dans la chambre des sapeurs. L'ordre du jour fut commenté, et les avis se partagèrent.

Les uns admiraient la conduite du fourrier et disaient qu'on avait eu bien raison de l'approuver; les autres affirmaient que cette approbation était le renversement de la discipline, et qu'après des choses pareilles il devenait impossible de faire exécuter la moindre consigne.

— Je sais pour ma part, disait un vieux sapeur à barbe rousse, que maintenant on pourra faire tout ce qu'on voudra du drapeau, je ne m'en mêlerai pas!

A ces mots, le caporal sapeur se leva majestueusement, et expliqua à ses subordonnés que le drapeau étant comme qui dirait une auréole, un chacun avait le droit de le serrer contre son cœur, du moment qu'il ne le détériorait pas.

— Il faudrait être une brute pour ne pas me comprendre, vous entendez, sapeur Mathurin; c'est à vous simultanément que je m'adresse, tâchez de vous en pénétrer une fois dans votre vie.

Le chef ayant parlé, les sapeurs se turent, et quelques minutes après, ces braves militaires, coiffés du traditionnel bonnet de coton, ronflaient comme des sabots.

Le Départ.

En recevant son congé, Raoul témoigna le désir de se rendre à Paris; mais à l'intendance on trouva drôle de lui délivrer une feuille de

route pour Troyes en répondant à ses récla-
mations :

— Vos parents résident à Troyes, et c'est à
Troyes que vous irez, dùt-on vous y faire conduire de brigade en brigade.

Cet impérieux langage devait être celui d'un
subalterne, messieurs les intendants militaires
étant généralement courtois et bien élevés.

Raoul quittait le bureau, fort tourmenté,
lorsqu'il fut arrêté par le sergent de planton,
un vieux qui portait crânement ses trois che-
vrons, en affirmant à tout le monde qu'il avait
le droit d'en porter une demi-douzaine.

— Collègue, dit-il à Raoul, le caporal qui
vient de descendre m'a conté qu'on voulait
vous faire tourner en bourrique; c'est pas
leur coup d'essai à ces gâcheurs d'encre. Ils
s'en prennent à ceux qui partent; c'est de la
jalousie. Puisqu'on vous refuse d'aller à Paris,
d'où que vous êtes né, il faut causer un brin
avec le général, y vous donnera gain de cause,
vu qu'ils sont mal ensemble. Je tiens ça du fils
de la femme de son portier.... vous comprenez.....

Il doit être midi, v'là justement l'heure de

trouver le général. Vous allez tout droit jusqu'au bout de la rue; vous traversez la place
en obliquant à gauche, et vous arrivez sur la
guérite du général, je veux dire de son factionnaire, vous comprenez....

— Merci, sergent, répondit Raoul, je vais
profiter de votre conseil, car je ne sais pas ce
que j'irais faire à Troyes. J'y ai mon père, ma
mère et mon frère, mais ce qu'il me faut, c'est
du travail; on ne vit pas de l'air du temps.

Le fourrier, fort anxieux, ne tarda pas à être
introduit dans le cabinet du général. C'était
un homme à cheveux blancs; son aspect était
rude. Après s'être fait rendre compte des
choses, il s'approcha de son bureau, saisit une
feuille de papier et traça quelques lignes. Se
retournant ensuite vers Raoul, il lui dit :

— Tenez, fourrier, portez ce pli à monsieur
l'intendant.

Le ton avec lequel le général venait de prononcer ces mots, doubla les inquiétudes de
Raoul.

— Que va-t-il arriver? se demandait-il. Le
général est impénétrable. Peut-être aurais-je
bien fait d'obéir en me rendant à Troyes,

mon père eut facilement obtenu mon changement... Allons, voilà les ennuis qui com-
mencent.....

Ce fut en tremblant que Raoul se présenta
à l'intendance; en le voyant troublé, le vieux
sergent lui dit :

— Aussitôt votre départ, j'ai réfléchi que,
peut-être, je vous avais fait faire une bêtise.
Figurez-vous qu'il y a un ordre du ministre
de la guerre qui défend de diriger les congédiés sur Paris, vu les émeutes, à moins cependant qu'ils ne prouvent leurs moyens d'existence; vous comprenez.....

— Enfin, répondit Raoul, je vais risquer le
paquet.

— Vous avez bien raison, ils ne vous avale-
ront pas, vous comprenez.....

A peine Raoul eut-il remis la lettre du général que ses inquiétudes se dissipèrent. L'intendant ou son représentant prit la feuille de
route et la rectifia en disant avec humeur :

— Qu'il ordonne donc de les envoyer tous
à Paris, nous saurons au moins à quoi nous
en tenir !

Raoul quitta le bureau très-satisfait, et offrit

à rafraîchir au vieux sergent. Ce planton avoua qu'il avait une soif de tous les diables, et que, d'ailleurs, soif ou non, il ne refusait jamais de trinquer avec un pékin, pourvu qu'il paye.

C'était dans ses principes !

Le mot de pékin fit tressaillir Raoul. Il resta longtemps abasourdi, comme le bœuf qui reçoit le coup fatal. Enfin il s'écria en se redressant de toute sa hauteur :

— Je suis pékin, c'est vrai, mais je sais tenir une arme, et la France pourra toujours compter sur moi à l'heure du danger.

Adieu, sergent..... non, je me trompe, au revoir ! ! !

DEUXIÈME PARTIE

Misère et liberté.

En arrivant à Paris, la première visite de Raoul fut pour Philidor. Ces messieurs ne perdirent pas une minute et obtinrent de plusieurs entrepreneurs des mémoires à copier. Cela rapportait peu, mais en travaillant du matin au soir, et en se contentant de pain et de fromage, on pouvait vivre... de privations.

L'ex-fourrier, avant de quitter un uniforme sous lequel un mensonge serait un sacrilége, tint à retourner chez monsieur Bordet, son ancien patron. Il voulait protester une fois de plus contre l'accusation qu'on avait portée contre lui.

Madame Bordet, seule à la maison, le reçut le sourire aux lèvres.

La farce était jouée. Monsieur Philippe avait épousé sa fille.

En faisant cette visite, Raoul croyait rencontrer son ancien collègue et espérait le contraindre à avouer qu'il était un faussaire, mais on lui apprit que ce monsieur, parti en Suisse avec sa femme, ne reviendrait pas avant un mois.

— Je vous engage, mon cher monsieur Raoul, à oublier le passé, s'empressa de dire madame Bordet. J'ai appris à connaître mon gendre, et je ne serais pas étonnée que vous fussiez innocent. Monsieur Philippe a de grandes qualités, il rend ma fille heureuse ; à mon point de vue, c'est la principale ; mais, c'est un garçon fort adroit qui ne recule devant aucun moyen pour arriver.

Nous avons maintenant une maison de premier ordre.

Rien n'est plus amusant que de voir mon gendre *rouler* les jeunes auteurs qui nous apportent des manuscrits à éditer. Il ne leur dit pas : C'est mauvais..... mais il leur fait en-

tendre que c'est faible, que ça manque d'am-
pleur, que les situations sont fausses, et arrive
enfin à leur faire verser des fonds... Une fois
ce résultat acquis... il prend son temps !

Lorsque ces auteurs prétendent s'éditer
eux-mêmes, et que Philippe veut bien accepter
le dépôt de leur ouvrage, il s'arrange à n'en
placer que très-peu d'exemplaires; c'est une
tactique, et puis lorsque l'écrivain, à bout de
ressources, vient, en tirant la langue, lui proposer d'acheter, à prix réduit, ce qui reste en
magasin, il refuse en disant :

— Cher monsieur, ce n'est pas mon affaire,
malgré tous mes efforts, je ne pourrais trouver
un débit plus large que par le passé ; mais je
comprends votre position, les temps sont si
difficiles... Voulez-vous que je vous mette en
rapport avec un honorable libraire qui achète
spécialement les soldes?

Alors, il l'abouche avec un juif, et cet honorable négociant donne, sans hésiter, huit sous
d'un livre marqué trois francs cinquante centimes.

Philippe a trop de pudeur et de dignité
pour offrir un si bas prix, il préfère racheter

le livre de seconde main, dût-il le payer dix sous au lieu de huit.

Mon gendre sait mieux que personne ménager la chèvre et le chou.

En agissant ainsi, il atteint son but. Il a le livre pour presque rien, et l'auteur ne peut lui adresser aucun reproche! C'est ainsi qu'on conserve sa réputation d'honnête homme!..... tout en faisant sa petite affaire.

Allez, mon cher monsieur Raoul, je plains les pauvres diables qui s'adressent à Philippe; ils doivent manger des croûtes terriblement sèches.

A dire vrai, nous avions grand besoin d'un garçon intelligent pour remonter la maison. Monsieur Bordet devenait ganache; il lisait les manuscrits qu'on lui apportait, et pour peu qu'ils eussent une apparence de mérite, il encensait l'auteur, et lui faisait de magnifiques propositions.

Avec ça que ça doit être malin de faire un livre! Il y a des gens capables d'en bâcler deux par semaine, tandis que nous autres nous mettons six mois à les vendre.

Tenez, monsieur Raoul, le plus simple est

de vous consoler. Cela vous a fait du bien d'être soldat. Revenez nous voir, et si mon mari peut vous être utile, il le fera avec plaisir ; surtout, n'essayez pas de dissiper le mystère qui plane sur cette affaire.

— Mais cependant, Madame, n'est-il pas naturel que je cherche à me disculper ? Serais-je un homme de cœur si je laissais planer sur ma tête un odieux soupçon ?

— Vous avez peut-être raison, monsieur Raoul, mais je vous crois trop bon, trop généreux pour troubler mon bonheur d'épouse et de mère ; c'est au nom de ma fille que j'ose implorer votre silence. Je ne vous le dissimule pas, si j'apprenais que mon gendre eût fait réussir ses projets en se jouant de ma réputation, je renoncerais à le voir.

Raoul, doué d'un excellent cœur, promit à madame Bordet tout ce qu'elle voulut.

Au moment où Raoul quittait la librairie, il rencontra son ancien patron qui rentrait.

— Ah ! mon ami, s'écria ce dernier, que je suis heureux de vous serrer la main ; recevez l'expression de mes regrets, j'ai payé bien cher mon injustice. Ma maison est un enfer !

Philippe a tant fait....

— Qu'il a épousé votre fille, répliqua Raoul.

— Comment, vous savez?....

— Je sors de chez vous, Monsieur, et Madame m'a tout dit. N'ayant plus d'intérêt en cause, j'étais venu pour protester contre l'accusation portée contre moi, car je tiens à votre estime.

— Mon pauvre Raoul, votre protestation est inutile, le hasard m'a tout révélé. J'ai surpris ma fille et mon gendre faisant des gorges chaudes en parlant de la fameuse lettre.

Ma fille, tout en blâmant les moyens employés, se félicitait des résultats. Hélas! mon ami, vous étiez soldat et le mariage était fait.

Maintenant ma situation est intolérable, je suis sans autorité. Si je donne un ordre, même à mon garçon de magasin, Philippe met des bâtons dans les roues; et s'il veut bien permettre qu'on l'exécute, il dit d'un ton gouailleur : Papa beau-père a raison. Dame, à son âge, car il n'est pas du siècle, on a de l'expérience.

Voilà où j'en suis, mon gendre est un aigle, et moi.....

Au fait, comment ma femme vous a-t-elle reçu?

— Mais, très-bien, répondit Raoul; néanmoins, si j'ai une grâce à vous demander, c'est de ne pas lui parler de notre rencontre.

Je désirais me réhabiliter à vos yeux, c'est fait, je n'ai pas d'autre ambition.

— Voyons, Raoul, reprit monsieur Bordet, puis-je faire quelque chose pour vous? ma bourse est à votre disposition.

— Merci, Monsieur, mon père et mes oncles vont s'occuper de moi. Tout ce que je réclame de votre bienveillance, c'est que vous alliez voir mon oncle de Passy, et que vous lui répétiez les bonnes paroles que je viens d'entendre. Vous savez, ce parent-là c'est mon second père!

— Oui, mon ami, répondit le vieux libraire visiblement ému, vous pouvez compter sur moi, je vous le promets.

Raoul se rendit ensuite chez ses oncles, messieurs Henry Chevalier et Poncelet. Tous les deux le blâmèrent d'avoir quitté le service sans savoir ce qu'il allait faire, et lui demandèrent :

— As-tu de l'argent? Comment ton père

va-t-il te recevoir? car tu ne peux te dispenser
d'aller l'embrasser.

La cousine Blanche elle-même risqua son
petit bout de morale.

Après avoir acquis la certitude qu'il aurait
du travail à son retour, et grâce à la générosité
de son oncle de Passy, Raoul partit pour
Troyes.

Papa et maman firent bon accueil à leur fils
et lui donnèrent un peu d'argent, ce qui lui
permit de s'acquitter envers son sergent-major
auquel il avait emprunté 17 francs pour se
rendre à Paris.

Le frère Joseph, fort occupé en qualité de
clerc chez un notaire de Lusigny, n'obtint
aucun congé. Raoul dut repartir sans le voir.

Exploitation de l'homme par.... le tailleur.

Dès son retour, Raoul pria Philidor de le
conduire chez son tailleur, monsieur Tavernier. Cet aimable industriel s'empressa d'ouvrir un compte au nouveau client qu'on lui
présentait, et en reçut la plus modeste des
commandes : une simple redingote!

Hélas! ce vêtement causa bien des tourments à son propriétaire. D'abord, à sa grande stupéfaction, il le vit facturer un tiers au-dessus de sa valeur, par la raison toute simple qu'il demandait crédit; et ensuite pour remplir ses engagements, il dut souvent se contenter de faire des repas problématiques.

Avant d'être payée, la redingote était usée jusqu'à la corde, et les coutures avaient été noircies avec l'encre de la petite ou de la grande vertu.

Raoul éprouvait de cruelles inquiétudes en songeant à cette dette, bien que son ami Philidor ne cessât de lui répéter sur tous les tons :

— C'est bon genre de devoir à son tailleur, ça pose un homme! Les temps deviendront meilleurs, et tu paieras. Tiens, moi, je dois plus de 300 francs à ce cher monsieur Tavernier, et je n'en dors pas moins.

Dès ce moment, Raoul comprit la valeur de l'argent et jura de ne jamais s'endetter. C'était plaisir de le voir soigner ses effets; il était tout-à-coup devenu économe. Enfin il atteignit le port.

Un matin, il alla porter à son *pique-prunes* les derniers vingt francs.

Profitant de cette circonstance, il pria monsieur Tavernier de lui faire une petite diminution, et en reçut cette réponse qui vaut son pesant d'or :

— Je n'ai qu'à me louer de votre exactitude, et je serais tenté de souscrire à votre désir, mais réellement la chose est impossible ; ce serait créer un précédent déplorable qu'on invoquerait à tout propos. J'ai trop de gens véreux dans ma clientèle ; il faut que ceux qui paient me couvrent des pertes que me font éprouver les autres. Plus tard, espérons-le, nous traiterons différemment.

Ce raisonnement inqualifiable acheva de persuader Raoul que, si le crédit est l'âme du commerce lorsqu'il naît de la confiance, il est la ruine de ceux qui l'obtiennent à grands renforts de sollicitations. Dans ce cas, acheter à crédit, c'est payer deux fois !

Les rôles d'entrepreneurs rapportaient peu. Il fallait en faire beaucoup avant d'encaisser une pièce de cent sous ; souvent il arrivait que le *singe,* à table jusqu'au menton, ne daignant pas se déranger, faisait répondre au pauvre expéditionnaire, par le plus vulgaire domestique :

— Vous repasserez demain, ou ce qui était plus simple encore :

— Monsieur a dit que ça se trouverait avec autre chose.

Ce jour-là, Raoul serrait la boucle de son pantalon, et se prenait à regretter la cantine de la mère Galois. Ce que cette dame lui servait n'avait rien d'exquis, mais enfin c'était quelque chose.

Lorsque le petit désagrément précité arrivait un samedi, l'ex-fourrier s'en consolait en pensant que le lendemain il devait aller chez un de ses oncles à la distribution du pain et du vin, messieurs Henry Chevalier et Poncelet l'invitant alternativement, quoiqu'il fît pour s'en défendre. Tout en s'y rendant, Raoul faisait cette triste réflexion : Hier, j'étais sous-officier, j'appartenais à l'armée française ! Aujourd'hui je suis..... un mendiant trop heureux de trouver un dîner.

Les rencontres.

Un jour, en flânant sur le boulevard, Raoul aperçut un ancien camarade de régiment, fort peu estimable, qu'il s'empressa d'éviter en faisant un détour; mais, au moment où il se croyait débarrassé de cet individu, une main de fer s'appesantissait sur son épaule, et une voix avinée lui criait :

— Eh bien! ma vieille, est-ce que je te fais peur?

Celui qui parlait ainsi se nommait Franck. Grâce à lui, Raoul ne s'était jamais trouvé en défaut. A son arrivée au corps, cet homme l'avait formé; aussi le gaillard, au souvenir des services rendus, n'avait-il pas hésité à compléter son interpellation par ces mots stéréotypés dans le vocabulaire des ivrognes :

— Qu'est-ce que tu payes?

L'ex-fourrier, très-ennuyé de se trouver en pareille société, voulut s'esquiver en prétextant qu'une personne qui s'intéressait à lui l'attendait pour le présenter comme comptable chez un gros négociant. Ce motif ne fut pas admis, l'ancien avait le gosier sec et voulait l'humecter; aussi répondit-il :

— Des places! va, ce n'est pas rare; je t'en procurerai tant que t'en voudras. T'écris comme un notaire. Ah! si j'avais été à l'école comme toi, je ne serais pas à plaindre; ce n'est pas là ton motif; tu fais la bégueule et tu ne veux pas entrer chez le *mastroquet*. Il y a un moyen de s'entendre; monte à la maison, la bourgeoise ira nous chercher un litre à 12, ça ne te ruinera pas. Tu seras servi par la main des grâces, je ne te dis que ça! T'entends..... je ne te dis que ça!

On entra dans une rue étroite; on pénétra dans une allée sombre et boueuse dont les murs suintaient. Il fallut gravir six étages à tâtons; une corde à puits servait de rampe. Madame vint ouvrir. Franck, sans aucun commentaire, annonça l'ex-sous-officier. A ce nom bien connu, mademoiselle Caroline — car c'était elle — jeta un petit cri; Raoul resta stupéfait. Franck se mit à rire de leur étonnement, et dit à Raoul :

— Eh bien, ma vieille, tu ne t'attendais pas à celle-là? Que veux-tu, c'est dans mon tempérament; j'ai toujours fait des victimes; et se pinçant le menton, il ajouta : On est irrésistible!

Enfin, Raoul s'exécuta.

A la joie peu dissimulée du pochard, le vin à 12 ne tarda pas à remplir les verres. On but à la bonne rencontre, et naturellement au brave 150ᵉ; puis, après s'être assis sur des chaises boiteuses, autour d'une vieille table, Franck tira sa blague et, tout en causant, s'apprêtait à bourrer sa pipe, lorsqu'il s'aperçut qu'il manquait de tabac.

— Tiens, tiens, dit-il, elle est à sec; dis donc, fourrier, prête-moi cinq sous.

Aussitôt que Raoul lui eut remis ce qu'il demandait, il se dirigea vers la porte; mais avant de partir, il ne manqua pas de faire cette banale recommandation :

— Ah ça! vous autres, soyez sages, entendez-vous?

Franck sorti, les deux jeunes gens se regardèrent sans échanger un mot; c'était à qui n'entamerait pas la conversation.

Ce fut Caroline qui rompit le silence :

— Monsieur, dit-elle, en baissant les yeux,

que devez-vous penser de moi? Je suis une
malheureuse, une fille perdue! Vous allez me
mépriser! C'est cet homme qui est cause de
tout; c'est lui, lui seul. Il a tant fait que
madame Galois a refusé de me garder, malgré mon repentir, mes prières et mes larmes.

— « Ma fille, m'a-t-elle dit, je suis impi-
» toyable, parce que je sais qu'ayant fait le
» premier pas, il ne dépend plus de vous de
» vous arrêter. Vous êtes dans les griffes d'un
» misérable. Allez, allez, suivez-le; vous
» n'avez pas autre chose à faire. Vous n'avez
» plus ma confiance! »

— Sans place et sans appui, j'ai suivi
Franck. Vous n'étiez pas là, et je n'aurais jamais osé conter mes chagrins à d'autres! Maintenant je puis l'avouer..... je vous aimais bien!

— Pauvre enfant, répondit Raoul, mais vous
aimiez aussi cet homme?

— Non, Monsieur, s'écria Caroline, c'est un
de mes pays; j'avais confiance en lui, il me
parlait de ma mère! Il m'avait fait de belles
promesses, et depuis, j'ai appris qu'il mentait.
Il m'a dit, le jour de notre arrivée ici : « Caro,
faut pas te tourmenter, t'es gentille, c'est

une ressource, je te ferai faire des connaissances ! » Est-ce assez horrible ? Et puis tenez, je ne sais pas de quoi il vit, il se procure de l'argent sans travailler : Ah ! monsieur Raoul, ce n'est peut-être pas bien ce que je vais dire là, mais si je pouvais puiser dans sa bourse, je prendrais de quoi retourner à Soissons, chez ma mère, que je n'aurais jamais dû quitter.

— Ma pauvre Caroline, ce qui vous arrive m'épouvante. Je désirerais vous arracher des mains de cet homme, mais c'est impossible. Vous m'aimiez, dites-vous ? Cet aveu fait mon désespoir. Je ne veux pas être moins franc que vous ne l'avez été avec moi. Eh bien, je me suis souvent dit : Voilà une enfant déclassée. Pour rester honnête dans un centre pareil, il faut avoir de la vertu, et alors j'avais senti naître en moi un sentiment qui grandissait sans cesse. C'était..... c'était..... plus que de l'amitié ! mais alors comme aujourd'hui...... je n'avais pas le droit de former des projets irréalisables..... Pardonnez-moi, mon enfant, je vous parle de mes impressions, de mes peines, et c'est vous qui êtes en danger !..... Comment donc faire? Mon Dieu ! mon Dieu ! ayez pitié de nous..... le temps presse et je ne trouve rien..... Caroline, aidez-moi! On monte l'escalier, c'est Franck! Tout est perdu!..... Ah! tenez, il n'y a plus que ce moyen; prenez, prenez..... c'est ma montre; elle me vient de ma mère. Vendez-la, retournez dans votre famille, et si ce petit sacrifice peut vous sauver, je m'estimerai trop heureux de l'avoir fait.

La jeune fille, toute tremblante, allait s'élancer dans les bras de Raoul, lorsque celui-ci la retint en lui disant à voix basse :

— On ouvre, c'est lui!

Franck de retour et le litre étant vide, Raoul obtint l'autorisation de se retirer, après avoir de lui-même donné son adresse.

Il est bien entendu qu'à cela près du numéro et de la rue, tout était de la plus parfaite exactitude.

En reconduisant Raoul, l'ivrogne lui dit :

— Ma vieille, à ta première visite, j'éloignerai la petite et je te dirai le fin mot. Nippé comme tu l'es, il y a de l'argent à gagner. Ça inspire la confiance..... Tu vois, je suis toujours farceur, c'est dans le sang.

Je viens de l'échapper belle, pensait Raoul

en s'éloignant; mais je ne regretterai ni cette épreuve, ni ma montre, si Caroline peut se dégager d'une aussi pernicieuse influence.

Ajoutons, pour terminer cet épisode, que Raoul apprit, six mois après, par le maire de Soissons, que mademoiselle Caroline, de retour près de ses parents, travaillait beaucoup et se conduisait bien!

Que devint Franck? Il mourut sans doute comme il avait vécu. Il y a des plantes qui s'élèvent et d'autres qui rampent!

L'affaire Franck oubliée, Raoul reprit ses allures et fit diverses rencontres. Un soir, il fut accosté rue du Coq par un de ses anciens collègues nommé Bisson. Celui-là n'était pas un manant; bonne tournure, belle tenue, on eût dit un officier ministériel. Ces messieurs causèrent intimement; il était facile de deviner qu'ils s'estimaient.

— Que faites-vous? mon cher Raoul.

— Je cherche, répondit celui-ci, et je frappe à toutes les portes sans rien trouver. J'ai des promesses. Un négociant doit me confier un lot de fournitures d'horlogerie que mes connaissances dans la partie me permettront de placer facilement. D'un autre côté, j'espère entrer en qualité de comptable dans une forte maison de commerce. J'ai déjà vu les patrons et je parais leur convenir; cependant, rien n'est encore positif. En attendant, je copie des mémoires d'entrepreneurs.

— Mon cher ami, reprit Bisson, en arrivant à Paris, je n'ai pas hésité un seul instant, et je m'en félicite.

J'avais un de mes parents, employé au château, et je suis entré avec lui. Mon service est très-agréable; je suis toujours mis comme vous voyez; reçu partout, traité avec les plus grands égards et particulièrement attaché à la personne de Sa Majesté. Je ne dis pas qu'il me serait facile de vous faire admettre, j'ai encore besoin de l'influence des autres; mais je pourrai parler de vous et vous mettre le pied dans l'étrier, qu'en dites-vous?

— Je dis, mon ami, que ces fonctions-là sont très-honorables, seulement.....

— Je vois que vous partagez un préjugé commun. Vous nous confondez avec les agents de la préfecture, alors que nos attributions sont très-différentes. Notre rôle est d'accompagner le chef de l'État, et de déjouer les complots; c'est une mission toute de dévouement.

— Mon cher, reprit Raoul, j'apprécie tous les services rendus, croyez-le; les agents de police sont utiles, indispensables, il en faut; le soin qu'on apporte à les choisir est une des plus sérieuses garanties de la société. Ceci admis, je comprends néanmoins la différence qui existe entre vos fonctions et les leurs. Je vous remercie bien sincèrement de l'intérêt que vous me portez, et je ne manquerai pas d'aller me rappeler à votre bon souvenir. Encore une fois merci!

Les adresses échangées, les deux anciens fourriers se quittèrent.

Après ces rencontres, Raoul en fit une autre, ce qui ne lui parut pas extraordinaire, les congédiés se dirigeant de préférence vers les grands centres, dans l'espoir d'y trouver de l'occupation.

Raoul venait d'assister à la parade et au défilé des gardes nationaux de service ce jour-là, lorsqu'il aperçut un magnifique sapeur qui s'écria en lui tendant affectueusement la main :

— Voilà, j'espère, un heureux hasard. Entre donc au café, nous prendrons un verre de bière; il fait une chaleur tropicale, et, sous cet accoutrement, en vérité j'étouffe.

Tout en se laissant entraîner par le soldat citoyen, Raoul faisait de vains efforts pour le reconnaître, mais les traits du sapeur étaient cachés sous une immense barbe d'où s'échappaient des accents voilés.

A peine entré dans l'établissement dont il devait être un habitué, le séduisant militaire déposa sa hache, retira son bonnet à poil, son tablier, son sabre, et posa délicatement sa barbe sur une table en la recommandant aux garçons.

Raoul reconnut aussitôt son ancien collègue Galembert, et lui dit en éclatant de rire :

— Comment, mon ami, c'est toi? je suis au comble de l'étonnement. Mais, pourquoi t'es-tu mis dans les sapeurs? Quelle idée baroque!

— C'est bien simple, répondit Galembert, je suis comptable chez un boucher en gros, et je remplace mon patron. Dans la garde nationale, ça se fait sans cérémonie. Ces messieurs me font bonne mine et sont très-fiers de

compter dans leurs rangs un ancien sous-officier du 150°. Je me place toujours sur le flanc
du peloton, et je t'assure que je produis mon
petit effet; j'ai un chic indiscutable! Toutes
les femmes m'admirent!

Lorsque la légion est de service, je vais à la
parade, où, sans calembour, j'aurais bien dû
aller plus tôt, si j'en crois ce doigt difforme,
qui est, Dieu merci, mon unique imperfection.

— Ah! mon ami, s'écria Raoul en rougissant, ne me rappelle pas de si pénibles souvenirs; ne songeons aujourd'hui qu'au plaisir de
nous retrouver!

— Tu as raison, répliqua Galembert, c'est
de l'histoire ancienne.

Je te disais donc que la garde nationale est
bien amusante. Tout le monde commande.....
excepté les chefs; ils craignent de perdre la
pratique de leurs subordonnés, parce que le
plus souvent, ces chefs-là sont bonnetiers,
tailleurs, bottiers, etc., etc., et puis, si les gaillards se prétendent indépendants, on les tient
en bride en les menaçant de ne pas voter pour
eux aux prochaines élections; alors ils deviennent doux comme des moutons.

Tu comprends, dans ces données-là, beaucoup d'anciens militaires refusent les grades, et ça va tout de travers ! !

A propos, mon cher Raoul, que fais-tu dans la capitale ?

— Je cherche un emploi de teneur de livres.

— Je suis fâché, répliqua Galembert, d'être obligé de quitter Paris, j'aurais pu m'occuper de toi ; j'ai déjà été utile à bien des camarades, et, tout récemment, j'ai fait entrer ce pauvre Rigolo dans les pompes funèbres. Hélas ! je vais sous peu me retirer à Bernay. Mon oncle est mort le mois dernier, et aussitôt les affaires terminées, j'irai recueillir sa succession ! Il m'a tout laissé. C'était un digne homme. Depuis longtemps il souffrait comme un damné, c'est bien heureux que le bon Dieu l'ait rappelé à lui ; quant à moi, me voici dans une magnifique position.

Après tout, j'ai su attendre, mon oncle avait plus de soixante ans.

Tu vois, mon ami, que je suis bien reconnaissant de ce que mon bon parent a fait pour moi ; même en uniforme je tiens à porter son deuil. Regarde comme le crêpe que j'ai au bras est coquettement mis; c'est la patronne qui a tenu à l'attacher. En voilà une jolie blonde avec laquelle je suis au mieux! Ça marche comme sur des roulettes.

Je ne sais vraiment pas comment lui apprendre que je vais la quitter, elle en deviendra folle..... Je suis l'ami intime du mari, et cela se comprend!

Je t'offrirais bien de me remplacer comme.... comptable, mais malheureusement tu ne représentes pas assez. Il faut une certaine prestance pour commander aux garçons bouchers.

— Allons, mon cher Galembert, je vois que tu n'as pas cessé d'être l'homme aux bonnes fortunes.

Ce ne sont assurément pas les scrupules qui t'étouffent.

Au fait, tu es dans ton rôle.

Un sapeur, ça doit avoir de l'audace.

Ces plaisanteries jetèrent un certain froid dans la conversation, et les deux amis ne tardèrent pas à se quitter.

Raoul, n'estimant plus Galembert, s'efforça de l'oublier.

Une riche héritière.

Depuis plusieurs jours, messieurs les entrepreneurs remettaient l'infortuné Raoul aux calendes grecques; n'ayant point de mémoires à copier, ils ne pouvaient en inventer. D'un autre côté, le marchand de fournitures d'horlogerie sur lequel il comptait exigeait une caution.

La vie devenait si difficile que le pauvre diable, malgré sa philosophie, nourrissait des idées de suicide que le souvenir de sa mère parvenait cependant à écarter!

Un dimanche, l'oncle Henri Chevalier prit son neveu à part et lui dit :

— Mon ami, je connais un père désireux de marier sa fille. Le bonhomme est craintif et croit n'avoir plus à disposer que de quelques années. Il est riche, possède une belle propriété, et tient seulement à trouver pour gendre un honnête garçon appartenant à une famille honorable. C'est un parti avantageux; j'ai pleins pouvoirs; veux-tu te marier?

Pendant cet exposé, Raoul faisait des rapprochements :

Mon oncle est riche.... âgé.... maladif.... son désir est de marier sa fille; dès qu'il souffre, il en parle plus que de coutume..... Ce matin il se plaignait! Oh! non, non, je suis fou! il n'a pu penser à moi; quelles garanties puis-je offrir? Les bonnes intentions ne se devinent pas! Sans doute je rendrais Blanche heureuse et je gèrerais son bien avec conscience; il triplerait peut-être dans mes mains; mais où est la certitude? Puis, supposons, ce qui est impossible, supposons que ma cousine ait parlé, serait-il honorable d'accepter la fortune sans travail? Dans de pareilles conditions, je n'en connaîtrais pas le prix.

Un homme doit être le protecteur de sa femme et non son protégé. Je veux arriver par moi-même. Je vois trop de gens naître avec des écus et les dissiper aussitôt qu'ils jouissent du droit d'en disposer.

— Mon cher Raoul, ajouta le bon oncle, tu parais bien absorbé; c'est oui ou non, qu'il faut répondre.

Au fait, je vais t'exposer la situation, cela te décidera très-certainement à prendre un parti. Il s'agit de la fille d'un de mes voisins, mor-

sieur de la Ribardière; voici ma lorgnette,
examine la belle propriété et le parc qui se
trouvent devant nous; ces biens sont à lui,
et peuvent t'appartenir, tu n'as qu'à parler.
Monsieur de la Ribardière te connaît et t'accepte les yeux fermés.

— Permettez-moi, mon oncle, répondit
Raoul, de trouver cette proposition bien
étrange; vous ne me dites pas le fin mot. Il y
a là-dessous quelque mystère : mademoiselle
de la Ribardière doit être une fille dont on
veut à tout prix sauver l'honneur, ou elle est
affreusement laide!

— Mon ami, sache que je suis sérieux et
que je ne te proposerais pas d'endosser de
honteuses responsabilités. Quant à ta dernière
supposition, tu vas en juger par toi-même.
Mademoiselle de la Ribardière se promène
précisément dans le parc. Regarde.... près du
massif qui masque la maison du jardinier....
Cette enfant n'est pas belle, mais il y a une
propriété superbe et plus de trente mille
francs de rentes; ça ne se trouve pas tous les
jours.

Pendant que l'oncle parlait, le neveu,

anxieux, braquait la lorgnette et cherchait.
Enfin, il s'écria :

— Je ne m'étais pas trompé! c'est un monstre; elle est bossue, bancale et paraît idiote.
Mille fois non, je ne veux pas acheter la fortune à ce prix; j'ai des bras et du cœur!

— Très-bien, mon cher Raoul, je suis loin
de te blâmer. Ce refus t'honore et te donne un
titre de plus à mon estime. Je vais dire à mon
voisin que tu ne veux pas te marier.

Le Suicide.

Le soir même, la cousine Blanche proposa
une partie de cartes. Chacun devait mettre au
panier; il s'agissait de quelques sous. Mais
hélas! Raoul se trouvait fort embarrassé; il
ne restait pas un rouge liard à ce garçon qui
venait de refuser trente mille livres de rentes!
En se rendant à Passy, il s'était trouvé dans
l'obligation d'offrir un verre de bière à un ami
qui lui procurait des rôles. Cette minime dé-
pense avait absorbé le contenu de sa bourse.

Ajoutons que la réserve laissée à la maison
était presque nulle, surtout en envisageant l'é-

poque du terme dont on approchait chaque jour.

— Comment donc faire, se demandait Raoul, pour cacher ma pénurie?

Enfin, prenant une pénible détermination, il dit timidement :

— Mon cher oncle, soyez assez bienveillant pour m'excuser, je ne puis jouer; j'ai la tête lourde, et le cœur malade; un peu d'air me fera grand bien.

Il fut plaint de tout le monde, et il entendit Blanche dire de sa plus douce voix :

— Dis donc, père, mon cousin a peut-être des chagrins; il est si gai ordinairement, ce n'est pas naturel; informe-toi, je t'en prie! Va le trouver, questionne-le.

L'oncle, peu inquiet, jouait et riait de bon cœur. Il était en veine, les gros sous s'entassaient devant lui.

L'eau va toujours à la rivière.

Appuyé près de la fenêtre, Raoul contemplait le vide.

Le vide attire!

— Faut-il enjamber cette balustrade, se disait-il? Je ne laisse personne après moi.......

Je ne dois rien...... Allons, c'est décidé..........
Adieu ma mère..... Adieu Blanche..... Adieu !

Oui, mais si je me tue, que supposera-t-on? Je n'ai pas d'argent..... J'ai donné ma montre ! On dira : c'est la misère qui l'a conduit à cette extrémité, et puis....... Ai-je le droit de troubler cette fête? Non, non, ce serait oublier la reconnaissance que je dois à ma famille....... Attendons encore un jour ! Espérons !

Savons-nous ce que demain nous réserve !

Ah ! si je pouvais consulter l'homme au collet gras, ce huitième sage de la Grèce, comme nous l'appelions à la classe, je suis bien certain qu'il m'engagerait à patienter. Il ne s'est pas tué, lui, ce digne professeur, et cependant il a supporté toutes les calamités. N'a-t-il pas perdu tour à tour toutes ses affections et son patrimoine?

Il était vieux, je suis jeune, l'avenir est à moi ! Le glorieux drapeau de la France ne refusera pas de m'abriter encore ; seulement, cette fois, je ne veux plus du séjour des garnisons, j'entends aller me chauffer au soleil d'Afrique, dussé-je y rôtir. Il sera plus hono-

rable de tomber sous le yatagan d'un arabe
que de me briser le crâne sur les dalles de cette
cour! Allons, c'est dit, je sens le courage renaître.

Un baiser! remède à tous les maux.

En ce moment la voix de monsieur Henry
Chevalier se fit entendre.

— Raoul, Raoul, comment va ta migraine?
Viens donc, je gagne toujours. Arrive, heureux
coquin, partager la fortune de ton oncle, dix-
huit sous de gain, c'est énorme !

Assieds-toi près de ma fille. Et toi, Blanche,
sois aimable avec ton cousin; voyons, Raoul,
embrasse-la, ça te déridera. Ah ! mon gaillard,
quand j'avais ton âge, un seul baiser guérissait
tous mes maux.

— En vérité, se disait Raoul, mon oncle
serait un excellent médecin.

Les lèvres brûlantes du cousin vinrent aussitôt se poser sur le front de la cousine. Alors
il s'opéra un phénomène; le pauvre déshérité
oublia ses misères et parut retrouver une vie
nouvelle.

Ce n'était, hélas! que le coup de fouet qui réveille l'ardeur du coursier épuisé par de pénibles travaux. La fatigue morale devait renaître!

Le lendemain, il fallut reprendre les recherches et frapper à de nouvelles portes. Enfin, n'obtenant aucun résultat, Raoul résolut de mettre son projet à exécution et écrivit en Afrique.

La réponse ne se fit pas attendre. Monsieur de Lamoricière, colonel des zouaves, envoya à l'ancien fourrier un certificat d'effectif et une lettre d'admission.

Le doigt de Dieu.

Il s'agissait de se rendre à la place pour compléter les formalités; mais avant tout, Raoul voulut aller embrasser encore une fois son bon oncle, sa charmante cousine et serrer la main de l'ami Philidor. Il commença par ce dernier.

— Allons, lui dit celui-ci, je te souhaite un heureux voyage. Je pense qu'avant de partir tu ne refuseras pas de dîner avec moi, et de

m'accompagner à l'Ambigu ; j'ai deux places.
Apporte tes papiers, je suis curieux de voir la
lettre que t'écrit monsieur de Lamoricière.
Voilà un brave que tu vas t'efforcer d'imiter.
On joue ce soir une nouvelle pièce, « le Doigt
de Dieu! » Ce titre m'a frappé, ça promet!!

Les deux amis dînèrent avec appétit. Arrivés au théâtre, ils parlèrent longuement sans
parvenir à s'entendre. Philidor reprochait à
Raoul son trop prompt découragement. Enfin,
ayant épuisé tous les arguments de nature à
le faire changer de détermination, il lui dit :

— A propos, montre-moi donc la lettre et
le certificat en question.

— Les voici.

— Alors, sans ces pièces, tu serais contraint
de rester avec nous?

— Sans doute..... mais, Dieu merci, je les
tiens.

— Eh bien! moi, mon ami, je déclare que
je veux t'éviter de faire une folie, je prends
tout sous ma responsabilité.

En disant ces mots, Philidor déchirait les
papiers de Raoul.

Qu'allait-il se passer?

Un duel était inévitable! L'acte que venait d'accomplir Philidor devait entraîner de terribles conséquences.

On ne brise pas ainsi l'avenir des gens !

Toutes ces prévisions étaient fausses; la main de Raoul rencontra celle de Philidor, et les deux amis descendirent au café en se disant que le *Doigt de Dieu* devait y être pour quelque chose.

C'était écrit !

Philidor venait de rendre à son ami le plus éclatant des services, et celui-ci, doué d'un instinct merveilleux, l'avait subitement compris. Raoul paraissait fort heureux de ce qui venait d'arriver, et disait avec orgueil à ceux qui l'entouraient :

— Messieurs, voici mon frère! Désormais j'en ai deux !

Les frères Filodel.

Les jours se suivent et ne se ressemblent pas.

La chance tourna subitement, comme un cheval affolé qui ne sent plus les rênes.

Raoul fut prié de passer chez les frères Filodel. Il y avait une place vacante. On désirait
un comptable.

L'ex-fourrier plut à ces messieurs.

Les trois frères Filodel, dont la raison sociale était Filodel et Cie, vendaient du blanc,
du lainage et de la bonneterie. C'était une
excellente maison.

L'aîné s'appelait Charles. Levé le premier,
il se couchait le dernier.

Sa femme partageait ses principes et élevait parfaitement ses enfants.

Le second frère, Armand Filodel, se montrait
bienveillant. Honnête homme par excellence,
pétri de scrupules peut-être exagérés, son
défaut capital était la faiblesse. Il se laissait
facilement exploiter par les uns et voler par
les autres.

Jamais il ne refusait un crédit, même aux
gens les plus insolvables. En un mot, c'était
un triste administrateur que le frère Charles
ne se gênait pas de désavouer.

Madame Armand n'était certes pas mé-
chante; ne l'est pas qui veut!

Monsieur Pierre Filodel, le troisième frère,

était un dandy de la plus belle eau ; fier de lui, sa vanité égalait sa sottise. Il prétendait avoir fait toutes ses classes et ne savait pas l'orthographe. L'intérêt de la dot de sa femme et sa part des bénéfices disparaissaient dans le courant du premier semestre.

Monsieur Pierre avait calèche, et plusieurs chevaux de selle.

Madame Pierre Filodel, plus vaniteuse que son mari, occupait un brillant état-major : valet en livrée, cordon bleu, femme de chambre, bonne d'enfants, ouvrière à l'année et nourrice sur lieu.

Relativement au commerce, monsieur et madame Pierre Filodel, d'un commun accord, ne s'en occupaient jamais. Tous deux se plaisaient à dire qu'ils s'en rapportaient au frère Charles, dont ils reconnaissaient la compétence.

— Nous serions ridicules de nous mêler des affaires, affirmaient-ils, il est né pour ça, c'est un garçon qui ne trouverait pas le moyen de s'amuser. L'imagination lui fait défaut.

Le pied dans l'étrier.

Raoul, entré en qualité de comptable, avait de faibles appointements et savait s'en contenter. Nous l'avons dit : il était économe.

Plusieurs fois, Raoul avait témoigné le désir d'être mis aux marchandises, sans pouvoir l'obtenir. Enfin, ses patrons lui annoncèrent qu'il passait au magasin. On le chargea du livre de défalcation; mais il ne tarda pas à être remplacé dans ce travail monotone par un nouvel arrivant.

On lui confia un rayon. En peu de temps il devint bon marchand, et plus tard un excellent acheteur.

— Mon cher monsieur Raoul, lui dit un matin monsieur Charles, nous n'avons qu'à nous louer de votre travail. Notre intention n'est pas seulement d'augmenter vos appointements comme nous l'avons fait jusqu'à ce jour; nous désirons vous donner prochainement un intérêt sur nos affaires; avec cette perspective, vous trouverez à vous marier; et que votre femme vous apporte peu ou beau-

coup, nous nous contenterons des versements
que vous pourrez nous faire.

Votre ami Philidor avait bien raison de vous
dire qu'il ne fallait pas désespérer de l'avenir.

Marchez sans crainte; avec peu d'argent et
beaucoup d'ordre on arrive sûrement.

Ne nous marchandez pas votre concours, et
comptez sur moi. Je suis votre ami!

Histoire d'un sac de bonbons.

Un dimanche, le premier de l'année, Raoul,
tout en pensant à sa cousine Blanche, se dirigea vers la rue des Lombards. Il voulait acheter quelques bonbons, cette rue étant alors la
patrie des sucres de pomme et des confitures.

Raoul choisit un sac et le fit garnir de cho-
colateries, de pralines à la vanille et de mar-
rons glacés. Il se garda d'y faire mettre le
moindre fondant, craignant avec raison les
avaries que pourrait occasionner le voyage
qu'il allait entreprendre.

Il s'agissait d'aller dîner à Passy, chez
l'oncle Henry Chevalier.

Le petit paquet dont nous venons de parler gênait un peu Raoul, et lui rappelait à s'y méprendre la sabretache des hussards dont il imitait les bonds. La poche de côté étant trop étroite, force avait été de le reléguer dans celle de derrière, ce qui pouvait présenter quelques inconvénients. Raoul n'ayant pas eu l'occasion de s'asseoir, les bonbons restèrent intacts.

Arrivé chez son oncle, il ne dut pas en franchir le seuil!

— Monsieur Raoul, monsieur Raoul, s'écria la concierge, il n'y a personne chez monsieur Chevalier; il est sorti avec toute sa famille.

— En êtes-vous certaine, mère Canari?

— Comment, si j'en suis certaine, vous me demandez ça à moi? J'ai été cinq ans portière, et voilà vingt ans que je suis concierge; vous comprenez que je dois connaître mon métier! Il n'y a pas de danger que j'induise en erreur un Monsieur comme vous, qui avez toujours eu pour moi de si bons procédés. Ah! si chacun vous ressemblait, monsieur Raoul, le pauvre monde serait bien plus heureux.

Raoul supposant avec raison que le petit

compliment que lui adressait la mère Canari,
au renouvellement de l'année, devait avoir un
but, tira de sa bourse une pièce blanche qu'il
fit passer dans les mains de cette brave femme.
Celle-ci, désireuse de cacher à son jobard de
mari la gratification qu'elle venait de recevoir,
se contenta de lancer à monsieur Raoul un
regard plein de reconnaissance et de poésie.

Madame Canari avait été fort bien de sa personne, elle l'assurait du moins ; mais, pour
s'en convaincre, il eût fallu consulter l'histoire ancienne.

Bref, voyant l'indécision de Raoul, elle
ajouta :

— Monsieur votre oncle est si bien sorti,
qu'il m'a consultée comme il le fait toujours,
pour savoir si le temps se maintiendrait, et
que là-dessus je lui ai dit.....

Raoul, ne voulant pas en entendre davantage, partit en se demandant comment il allait
employer son temps.

— Si je n'avais pas la mort dans l'âme, se
disait-il, je ne serais nullement embarrassé de
ma soirée, je retournerais à ce bal où je me
suis tant amusé le mois dernier ; mais l'absence

imprévue de mon oncle me trouble et m'in-
quiète. Est-ce un congé qu'il me donne ? Veut-
il me faire comprendre que mes assiduités
sont de nature à compromettre sa fille ? En
vérité, s'il en est ainsi, mon devoir est tout
tracé. Je dois m'éloigner, je me suis déjà imposé de si grands sacrifices que je puis bien
encore faire celui-là.

Je vais rentrer. La nuit porte conseil.

Allons, voilà que dame nature réclame ses
droits... J'ai faim. Il paraît que mon estomac
n'est pas philosophe !

Il s'agit de trouver un restaurant ; c'est facile
à Paris, il y en a pour tous les goûts et pour
toutes les bourses.

En voici un..... ça frise le marchand de vins ;
cet autre en face n'a pas meilleur aspect. Je
n'ai jamais aimé la société des ivrognes ; bon
chien chasse de race, mon père les détestait.

Tiens..... Tiens..... voici mon affaire ! celui-ci
paraît coquet : Graverin, restaurateur. Entrons. C'est plein partout, il ne reste plus
qu'une place près de la caisse, profitons-en !
Voilà une jolie petite femme qui paraît être

une parente ou une amie de la patronne; je suis assez curieux de savoir ce que ces dames se disent à l'oreille.

— Que faut-il servir à Monsieur? s'écria le garçon; consommé, julienne, croûte au pot.

— Que le diable soit de l'importun! Donnez une julienne.

Raoul, en avalant son potage, un beefsteak, un flageolet et un brie, entendit très-distinctement ce qui suit :

— Oui, ma chère tante, disait la jeune fille, je n'aurais jamais cru cela de monsieur Victor.

— Que veux-tu, ma bonne Julie, répondit la patronne, il y a des gens qui sont charmants tant qu'il ne s'agit pas de délier les cordons de leur bourse..... si tu le désires, je puis lui faire entendre ce soir qu'il a commis une maladresse.

— Non, non, il n'est plus temps, je n'accepterai rien. A cette époque de l'année, le 6 janvier, m'avoir oubliée, c'est impardonnable; que sera-ce donc une fois mariés?

Une drôle d'idée.

Raoul, qui n'avait pas perdu un mot de cet entretien, conçut un singulier projet.

— Hélas! j'ai là dans ma poche, pensa-t-il, un sac de bonbons dont je ne sais plus que faire; maintenant c'est un fardeau! Si je l'offrais à cette charmante enfant de la part de monsieur Victor? Quelle bonne plaisanterie! Je vois mademoiselle Julie remerciant son futur, et celui-ci n'y rien comprendre. Cela ne peut causer aucun préjudice; la petite croquera les bonbons de ma cousine Blanche, tout sera dit et finira par un éclat de rire.

Aussitôt son repas terminé, Raoul demanda la carte, la solda et s'approcha du comptoir.

— Mademoiselle, dit-il à la jeune fille d'un ton très-cérémonieux, je suis chargé par monsieur Victor de vous remettre ce sac de bonbons; il lui est impossible de sortir aujourd'hui.

— C'est bien étonnant, Monsieur; j'ai vu monsieur Victor ce matin, et il m'a promis de revenir dans la soirée. Si vous connaissez le

motif qui le retient, ne me le cachez pas... Je
ne sais que penser.

— Soyez tranquille, Mademoiselle, la cause
de son absence n'a pas de gravité; c'est une
simple indisposition. Nous nous promenions
en causant de l'avenir, lorsqu'il m'a dit : Ma
digestion ne se fait pas. J'ai froid, quelques
heures de sommeil me sont indispensables.
Adieu, je vais me coucher. Préviens ces
dames.

En sortant d'ici, Mademoiselle, je cours
chez mon ami, et je reviens aussitôt vous
donner de ses nouvelles.

— Merci, Monsieur.

— Adieu, Mesdames.

Aussitôt dehors, Raoul, tout honteux de son
innocent mensonge, accéléra le pas sans se
retourner.

Un client qui avait entendu la conversation
s'approcha de la caisse, et s'adressant à mademoiselle Julie, lui demanda :

— Où reste donc la personne dont vous
parliez à l'instant?

— Pourquoi, Monsieur?

— Pour rien.

— Mais enfin, vous avez un motif.

— C'est que rue Saint-Martin, j'ai vu relever un jeune homme ; les passants l'ont transporté chez le pharmacien.... on est si obligeant à Paris... alors, je me disais.....

— Comment était ce jeune homme ? reprit madame Graverin, vous inquiétez ma nièce.

— De ma taille, assez joli garçon, bien mis, favoris naissants.

— Ah ! c'est bien lui ! s'écria mademoiselle Julie ; savez-vous au moins ce qu'il avait ? ne nous le cachez pas, Monsieur, je vous en prie.

— Ça, Mademoiselle, c'est la bouteille à l'encre. Chacun disait la sienne. Un monsieur affirmait qu'il s'agissait d'une attaque d'épilepsie. Il y a toujours des alarmistes !! Une vieille dame disait que c'était une simple défaillance. Il m'a été impossible de savoir la vérité.

Mademoiselle Julie devint très-pâle.

— Mon Dieu, mon Dieu, ma chère petite, lui dit madame Graverin, rassure-toi. Monsieur ne sait rien de positif, et je trouve qu'il aurait mieux fait de se taire.

A la suite de cette émotion, mademoiselle Julie Mitoufflet avait perdu connaissance, et sa tante l'aspergeait inutilement d'eau fraîche.

Pas de résultat; syncope persistante!

Les filles et les garçons de salle accouraient éperdus. Les rôtis, abandonnés par le cuisinier, brûlaient; le patron tremblait de tous ses membres, et les consommateurs restaient la bouche pleine. Enfin la bourgeoise, madame Graverin, née Mitoufflet, jetait des cris de paon!

Les passants, très-nombreux à cette heure où chacun rentre dîner, s'arrêtaient ébahis en commentant ce qui venait d'arriver. Etait-ce un simple accident, une fuite de gaz, un incendie, un vol, un crime ou une révolution? Les sergents de ville prononçaient déjà ces mots solennels, même en s'adressant aux gamins, aux militaires et aux bonnes d'enfants :

— Circulez, messieurs, circulez !

Un Vol.

Au restaurant, aussitôt la panique passée, mademoiselle Julie ayant retrouvé ses sens, on s'aperçut avec stupeur que plusieurs consommateurs étaient partis sans payer, et que l'un d'eux avait, par distraction, emporté l'argenterie et les serviettes.

Les sergents de ville verbalisèrent, et déclarèrent que le monsieur aux bonbons devait être le coupable, l'instigateur. C'était, affirmaient-ils, un coup monté de main de maître.

L'enquête relatait avec soin la déposition des témoins. Or, les uns disaient : C'est un jeune homme blond; les autres assuraient qu'il était vieux et brun. On paraissait aussi peu d'accord sur la taille du prévenu; celui-ci parlait d'un géant et cet autre d'un nain. Ces diverses appréciations dépendaient très-probablement de la disposition de l'estomac des dîneurs.

Notons, en passant, que l'intelligente demoiselle Julie avait dit :

— Quant à moi, je reconnaîtrais l'accusé dans vingt ans, et je crois pouvoir affirmer que la police s'égare en le soupçonnant; il a la figure ouverte et l'air honnête.

Malgré l'opinion bien arrêtée de cette demoiselle, les agents se mirent en route, et suivirent avec soin les traces de Raoul. Le commissaire ne dormit pas de la nuit, et d'heure en heure, il fut instruit de ce qui se passait. Ces allées et venues mécontentèrent beaucoup son portier.

« Hier, disaient les journaux du matin, des
» malfaiteurs se sont introduits chez le sieur
» Graverin, restaurateur, et après avoir fait
» accepter à la maîtresse de la maison et à
» une de ses parentes, des bonbons qu'on
» suppose vénéneux, ils se sont jetés sur l'ar-
» genterie et le linge de l'établissement, et ont
» pris la fuite en renversant tout sur leur pas-
» sage. Malgré leurs efforts, ces misérables ne
» sont pas parvenus à enfoncer la caisse de
» l'établissement qui contenait 10,643 francs
» 17 centimes en billets de banque. »

« Nous nous demandons, ajoutaient ces
» mêmes journaux, où nous allons, si, en
» plein jour, les malfaiteurs peuvent impuné-
» ment déployer une pareille audace? »

Le public et la police étaient tellement convaincus que les bonbons étaient empoisonnés qu'on crut devoir en remettre la moitié à un chimiste pour la soumettre à l'analyse.

Quant au restant, un agent fut chargé de le faire manger à un chien du quartier qui parut s'en régaler. L'agent fila le quadrupède, afin d'étudier les effets du poison. Ne découvrant absolument rien, si ce n'est que l'animal était fort échauffé, il tenta vainement de le renvoyer, mais l'innocente bête refusa de partir!

A dater de cet instant, les rôles changèrent, et l'agent fut filé par ce chien insatiable. Il fallut employer des moyens violents pour faire cesser cette comédie qui remplissait de joie messieurs les gamins et les grandes personnes.

Mademoiselle Julie avait affirmé qu'elle n'avait pas ouvert le sac; néanmoins le public persistait à voir les indices d'un crime dans ce qui venait d'arriver.

— Si cette jeune fille n'a pas mangé de bonbons, disaient les badauds toujours avides d'émotions, que sont devenus ceux qui manquaient, et à quoi attribuer son indisposition?

C'était facile à comprendre. Le sac, après avoir rempli pendant une grande heure l'office d'une sabretache, avait laissé échapper quel-

ques échantillons qu'on eût évidemment re-
trouvés à l'état de marmelade dans la poche
de Raoul; et quant au trouble de la charmante
demoiselle, il avait été causé par les incidents
de la soirée.

Le commissaire remarqua que la table sur
laquelle on avait servi l'homme aux dragées,
était encore garnie de ses couverts et de son
linge. Il apprit en outre que cet individu avait
soldé intégralement sa carte et qu'il s'était
montré généreux avec le garçon. Il crut dé-
couvrir, dans ces faits étudiés, une tactique
établissant la complicité de plusieurs individus appartenant à la même bande et obéissant
à un mot d'ordre.

Enfin, le magistrat ramassa sous la table
une adresse sur laquelle il lut ces mots : Tavernier, tailleur, 320, rue Saint-Jacques. Il est
bien entendu que ce renseignement, pouvant
aider dans la direction des poursuites à exercer, fut recueilli avec soin.

M. Victor.

Si nous revenons au jour de l'événement,

nous saurons qu'à sept heures monsieur Victor se présenta tout pimpant. Il apportait une belle boîte de bonbons. D'un coup d'œil, le galant jeune homme devina qu'il venait de se passer quelque chose d'insolite.

Ce fut monsieur Graverin qui l'aperçut le premier.

— Ma foi, monsieur Victor, lui cria-t-il, je suis fort aise de vous voir; vous allez peut-être nous expliquer ce qui arrive ici; c'est à en devenir fou.

Un individu mal famé, et sans doute affamé, est venu dîner, a payé, et a remis ensuite, de votre part, à ma nièce, un paquet de bonbons, en affirmant que vous étiez indisposé et qu'il vous serait impossible de sortir ce soir. Jugez de notre étonnement en vous voyant.

Ce que je viens de vous dire, et certains autres cancans ayant émotionné ces dames outre mesure, votre prétendu représentant en a profité pour s'esquiver en nous enlevant plusieurs couverts et des serviettes. Je suppose que vous pourrez nous donner le mot de cette énigme que je me plais à prendre pour une mauvaise plaisanterie. Voyons, parlez, expliquez-vous !

— Mais, monsieur Graverin, répondit monsieur Victor, je suis complétement étranger
à cette aventure; je ne connais que de très-
honnêtes gens, je vous prie de le croire. On
aura certainement abusé de mon nom.

— Admettons-le, si vous voulez; mais, dans
tous les cas, cela prouve que vous contez vos
affaires à tout le monde. Vous avez dû annoncer à son de trompe que vous alliez vous marier. Ce qu'il y a de plus clair, c'est que, grâce
à vos bavardages, ma nièce est compromise.

— Ah! mademoiselle Julie, je suis confus;
doutez-vous aussi de ma sincérité?

— Non, monsieur, je vous crois, mais je ne
puis trop vous engager à répondre à mon oncle. Il y a là quelque chose d'incompréhen-
sible.

— Que voulez-vous que je vous dise? cette
injuste accusation me désole!

— Eh bien, monsieur Victor, reprit M. Graverin, dites-nous au moins si votre père s'est
enfin décidé à écrire à M. Mitouflet, mon beau-
frère? Nos positions sont fausses, et je vous
avoue que je ne puis plus longtemps prêter la
main à vos entrevues.

En ce moment, la conversation fut interrompue par l'arrivée du commissaire de police qui venait compléter quelques renseignements.

Monsieur Victor, l'œil morne et la tête baissée, ne vit pas entrer le magistrat; mais celui-ci l'aperçut aussitôt, et s'écria en s'adressant à lui :

— Tiens, tiens, en voilà une surprise! Que faites-vous donc à Paris, mon cher monsieur Ernest de Puisalin? vous n'habitez donc plus le Hâvre?

A ce nom d'Ernest de Puisalin, prononcé sans hésitation, il se fit un grand silence; chacun se regarda avec étonnement.

Monsieur Graverin demanda l'explication de ce mystère, et monsieur Ernest de Puisalin, plus connu sous le nom de Victor, se troubla visiblement, et battit en retraite.

Pris en flagrant délit de mensonge, le misérable ne put articuler un seul mot. Monsieur le commissaire dut intervenir en sa faveur, ce qui n'empêcha pas l'oncle de mademoiselle Julie d'accompagner ce drôle jusqu'à la porte sans déployer la moindre cérémonie.

Après informations, on apprit que monsieur Ernest de Puisalin était l'unique héritier de l'illustre famille des de Puisalin, une des plus riches du département de la Seine-Inférieure.

Ce freluquet s'était dit commis d'agent de change aux appointements de 6,000 francs, ce qui paraissait fort beau aux yeux des Mitoufflet et des Graverin. Son but était des plus simples; il voulait faire sa maîtresse de mademoiselle Julie, en l'épousant, sans tambour ni trompette, à la Mairie du 13ᵉ arrondissement de ce temps-là.

Le flagrant délit.

Les recherches de la soirée et de la nuit n'ayant amené aucun résultat, le commissaire de police se rendit le lendemain, dès la première heure, chez le tailleur Tavernier.

Cet honnête industriel vendait cher et ne donnait rien de bon, ce qui n'est pas un cas pendable.

En voyant arriver le magistrat, monsieur Tavernier eut une venette atroce, la femme d'un de ses amis se trouvant chez lui dans un

costume plus que négligé, probablement parce
qu'il était matin.

Or, l'ami passait pour un original, mauvais
coucheur, et très-égoïste.

La visite de Monsieur le commissaire ne
présageait rien de bon.

La conversation s'engagea. Le tailleur bais-
sait le nez et ressemblait assez à un petit garçon qu'on surprend à chipper les confitures de
sa maman.

— Où dînâtes-vous, hier, dimanche, monsieur Tavernier? demanda le magistrat.

— Au restaurant, Monsieur le commissaire.

— Très-bien, je vous sais gré de votre franchise.

— Dans quel magasin avez-vous acheté vos
bonbons au renouvellement de l'année?

— Au *Fidèle-Berger.*

— Vous devez vous tromper, Monsieur, ce
doit être à la *Pomme-d'Or,* l'étiquette est encore sur le sac.

— Mais, Monsieur le commissaire, de quel
sac voulez-vous parler? Je ne comprends pas.

— Vous ne comprenez pas, et cependant

ce sac et ces bonbons prouvent votre complicité; tout vous condamne; que signifiait ce
cadeau?

Le tailleur en entendant parler de complicité et se croyant perdu, tomba aux pieds du
commissaire et lui dit, les mains jointes :

— Je suis seul coupable, j'ai été léger; l'entraînement..... la passion....., la chair est faible,
mon magistrat. Madame est la plus vertueuse
des épouses..... C'est un piége que je lui ten-
dais; ne la perdez pas. Si elle se trouve chez
moi à cette heure, trop matinale aux yeux de
son mari, c'est que, par sollicitude, elle venait
chercher la redingote du plaignant qui descend de garde à dix heures.

— Ah ça, que me contez-vous? Madame
était-elle, hier, au restaurant en votre société?

— Non, Monsieur le commissaire.

— Alors, Madame n'étant point en cause, je
l'engage à se retirer.

Quoique très-désireuse de savoir ce qui
allait se passer, la charmante femme se hâta de
prendre la porte. Le commissaire, homme d'esprit et d'à-propos, lui recommanda, au moment où elle s'éloignait de ne pas oublier le

vêtement de son cher mari. La dame compromise saisit aussitôt la redingote d'un client, et sortit avec une telle précipitation, qu'une des manches s'accrocha dans la serrure en laissant après elle une incontestable preuve de son passage.

— Maintenant que nous sommes seuls, dit le commissaire, ne parlons plus de ce que vous appelez avec tant d'indulgence vos légèretés, et entrons dans les détails de votre affaire. Vous êtes allé dîner hier dans le restaurant Graverin, et après avoir offert à une demoiselle qui se trouvait dans le comptoir, un sac de bonbons, vous avez cherché à effrayer cette jeune fille en lui débitant des choses invraisemblables.

— Mais, Monsieur le commissaire.....

— Ne m'interrompez pas, je vous prie !

Profitant alors du trouble causé par vos propos, vous avez pris la fuite, et vos complices sont non-seulement partis sans payer, mais ce qui est plus grave, en emportant le linge et l'argenterie. Qu'avez-vous à répondre?

— En vérité, Monsieur le commissaire, je ne sais rien de cette aventure; j'en ignore le premier mot. Hier, en effet, j'ai dîné au restaurant, mais j'étais en société de deux amis, et à quelques pas d'ici.

— Cependant, monsieur Tavernier, voici une pièce à conviction. Vous avez, malheureusement pour vous, laissé tomber sous la table cette adresse qui est la vôtre !

— Ah! merci, Monsieur le commissaire ! cette adresse prouve mon innocence; c'est moi-même qui l'ai remise hier matin à un de mes plus honorables clients, un charmant garçon, monsieur Raoul Chevalier; lui seul a pu la perdre. La preuve de ce que j'avance, c'est que j'ai inscrit au dos de cette carte le prix d'un pardessus doublé de soie.

— Eh bien, monsieur Tavernier, apprenez que monsieur Raoul Chevalier est certainement un chevalier d'industrie, un escroc, et qu'en en parlant comme d'un homme honorable, vous risquez fort de vous compromettre. Ne vous hâtez pas trop de lui faire son pardessus doublé de soie.

Veuillez vous habiller promptement et me conduire chez ce monsieur.

Moins d'une heure après, ces messieurs arrivèrent chez Raoul. Ce dernier, très-connu dans le quartier, invoqua le témoignage de son propriétaire, des principaux locataires de la maison, et se recommanda en outre de ses patrons, messieurs Filodel et Cie, négociants fort estimés ; puis il conta au commissaire de police sa plaisante aventure avec tant d'entrain, que ce magistrat se prit à rire et fut désarmé.

D'un commun accord on se rendit chez monsieur Graverin. Ce marchand de soupe reconnut aussitôt Raoul, et se précipita sur lui en cherchant à l'étrangler : il n'y allait pas de main morte.

Monsieur le commissaire, le tailleur et la belle Julie, qui venait d'arriver durent s'y opposer par le raisonnement et par la force. Deux tables furent renversées, et monsieur Graverin eut un œil poché. Cet incident, et quelques explications, lui firent enfin voir la situation sous son véritable jour.

Il convint qu'il avait été trop vif, et crut devoir faire oublier ses torts en invitant tout le monde à déjeuner.

Monsieur le commissaire n'accepta pas, et

se retira en emportant l'assurance que monsieur Raoul Chevalier réparerait sa gaminerie en indemnisant le restaurateur.

Promesse de mariage entre M. Raoul et Mlle Julie. Les Cœurs battent.

Le repas fut très-gai; monsieur Raoul plut à mademoiselle Julie Mitoufflet qui n'avait cependant pas un cœur d'amadou, et la charmante enfant fit tourner la tête du jeune homme.

A six heures sept minutes on était encore à table, ce qui dispensa ces heureux mortels de songer au dîner.

Notons qu'en dégustant le champagne, Raoul, fort ému, s'était écrié en s'adressant à monsieur Graverin :

— Ah ! mon oncle, bassinez donc votre œil !

Le cher garçon venait d'ouvrir son cœur en escomptant l'avenir dont il déchirait le voile ! C'était aller un peu vite ! mais enfin le coup était porté, et l'oncle Graverin ému lui-même, n'avait fait aucune objection; bien au contraire, il avait promis de parler au père de mademoiselle Julie en faveur de monsieur Raoul.

Pendant quinze jours le restaurant eut une vogue immense; chacun voulait entendre de la bouche du patron le récit de sa fantastique histoire.

Le pauvre homme y gagna une extinction de voix qui faillit le conduire au tombeau.

Le soir même de tous ces événements, le fils Chevalier fit de très-graves réflexions.

En vérité, se disait-il, je suis honteux de ma conduite.

Hier encore je ne vivais que pour Blanche, et sans rime ni raison, j'offre à la première venue les bonbons que je lui destinais; et puis, par un concours de circonstances insensées, je me suis épris, mais sérieusement épris de cette première venue.

Décidément je suis fou !

Voyons, dois-je croire que c'est le champagne qui m'a tourné la tête?

Non, non; en descendant en moi-même, je reconnais que c'est le dépit qui m'a fait agir.

Oui, c'est la colère de l'impuissance; je ne puis me dissimuler que j'ai subi un cruel échec. Voilà la première fois que mon oncle s'absente un dimanche de quinzaine sans me prévenir; c'est un congé qu'il me donne. Sa vieille expérience lui aura dévoilé ce qui se passe dans mon cœur.

J'aimais Blanche, et je crois..... Allons, allons, étouffons cette pensée, c'est ma vanité qui parle. Blanche ne peut et ne doit pas m'appartenir, tout s'y oppose..... Je suis un paria..... Je n'ai pas d'argent.

Mon oncle croit voir un péril, il l'évite, il a raison; une fois de plus je lui suis reconnaissant.

Sans doute je me suis laissé entraîner, mais en somme, l'unique moyen de rester honnête homme, c'était de chercher une diversion.

Mademoiselle Julie est la seule personne qui puisse me faire oublier ma cousine; en la voyant, j'ai ressenti un véritable entraînement; sa grâce, son maintien, tout m'a séduit. Elle n'a qu'une petite dot. Eh bien! tant mieux! nous travaillerons, et ce que nous aurons un jour, nous l'aurons vaillamment conquis.

L'ordre et l'économie enfantent des merveilles!

Raoul était ravi. Il eût oublié de boire et de manger, si le lieu de ses extases se fût montré moins propice à l'accomplissement de ces exercices. On remarqua néanmoins que chez lui tout devenait machinal; il mangeait et ne dégustait pas. Les mets avaient le même goût.

Mademoiselle Julie s'en réjouissait en se disant :

— Mon mari sera très-facile à nourrir !

Elle ignorait, la timide enfant, que les monstres d'hommes sont tous coulés dans le même moule. Très-avenants, très-accommodants avant le oui fatal, ils deviennent ensuite des maîtres exigeants et d'affreux despotes.

Présentation chez les Mitoufflet.

En attendant l'arrivée de son père, ou tout au moins une lettre de lui, Raoul sollicita l'honneur d'être présenté à la famille Mitoufflet; mais, malheureusement, le soir de la présentation, les Mitoufflet jouaient au Nain jaune; il n'y eut pas moyen de leur faire lever le nez, car ils étaient plus absorbés que le garçon épicier qui fait un cornet. L'honorable monsieur Mitoufflet, ancien quincailler retiré des affaires, perdait trois sous et tenait absolument à les rattraper; son amour-propre était engagé.

Les Mitoufflet, excepté cependant mademoiselle Julie, n'entendaient pas raison lorsqu'ils tenaient les cartes; ils devenaient féroces.

Les nouveaux arrivants devaient, bon gré malgré, s'approcher de la table et se mêler à la partie. Il fallait céder aux exigences de ces forcenés; c'était en vain que les victimes cherchaient à obtenir une dispense en prétextant une grave préoccupation, un deuil, une colique, les supplications étaient superflues. On devait se résigner ou se brouiller avec l'intéressante famille des Mitoufflet.

L'amoureux est toujours tendre; l'ivrogne l'est quelquefois; le joueur jamais!

Malgré toute l'attention qu'il portait au jeu, monsieur Mitoufflet daigna poser à son futur gendre cette simple question :

— Connaissez-vous le 31 ?

Raoul répondit affirmativement pour plaire au bonhomme, et ajouta :

— Ce jeu ne m'est pas favorable, j'y perds toujours.

Cette déclaration fit battre le cœur du père Mitoufflet ; elle lui donnait l'espoir de gagner tous les jours deux sous à son gendre. C'était une délicieuse perspective !

Nous ne raconterons pas ce que Raoul dut souffrir pendant les longues soirées qu'il passa à jouer au 31 et au Nain jaune, alors qu'il avait tant de choses à dire à sa jolie fiancée. Pas moyen de placer un mot. Monsieur Mitoufflet se montrait impitoyable.

— Allons, allons, mon ami, occupez-vous de votre jeu, criait-il vingt fois par heure ; soyez sérieux, nous ne sommes pas ici pour nous amuser !

Faire la cour dans de semblables conditions, c'est désastreux.

Les deux jeunes gens en étaient arrivés à s'entendre par signes.

Le langage du cœur, pour être muet, n'en est pas moins expressif !

La demande forcée. — Vaincre ou mourir!

Que faire, mon Dieu, que faire et que devenir? Mon père prétend que moi Raoul, son fils
aîné, je suis incapable de rendre une femme
heureuse, et que jamais il ne m'accordera son
consentement.

Il me considère comme un révolutionnaire,
et veut que je lui donne des preuves de stabi-
lité. On voit bien qu'il ignore tout ce que j'ai
souffert pour me faire une position.

Hélas! mon père ne cédera pas, et pour
comble de malheur, mon oncle, le seul parent
sur lequel je puisse compter, me refuse son
concours; il craint d'outre-passer ses droits et
de froisser son frère. Monsieur Mitoufflet me
presse, et me dit avec raison qu'il faut en finir;
que mes assiduités peuvent compromettre sa
fille, et qu'il n'entend pas voir se renouveler
ce qui est arrivé pour monsieur de Puisalin.

A la suite de ces navrantes réflexions, Raoul
venait de passer une nuit sans sommeil, lorsqu'il reçut la visite matinale de son ami Philidor.

— Tiens, se dit Raoul, en se frottant les yeux, deux avis valent mieux qu'un ; je vais le consulter, ses idées seront assurément plus saines que les miennes.

A peine Philidor eût-il entendu les premiers mots de la confidence, qu'il s'écria d'un ton joyeux :

— Aux grands maux les grands remèdes. Veux-tu jouer le tout pour le tout? Dans ce cas-là, voici mon plan : Va trouver monsieur Mitoufflet; dis-lui avec assurance que ton oncle Chevalier sollicite une entrevue. Il l'accordera, c'est certain.

Aussitôt ce premier résultat acquis, tu fileras chez l'oncle, et sans hésiter, tu lui affirmeras que monsieur Mitoufflet tient absolument à lui parler avant la démarche officielle que ton père doit faire près de lui. Ce désir paraîtra extraordinaire ; mais en tenant compte de l'originalité bien connue du père Mitoufflet, il y a des chances pour que ton oncle accepte son rendez-vous; et puis il ne sera pas fâché de voir ta fiancée.

Une fois les parties en présence, tu feras le reste, comprends-tu?

— Parfaitement, mon ami, mon rôle est tout tracé. Aussitôt que ces Messieurs auront échangé les politesses d'usage, je présenterai mon oncle comme un ambassadeur chargé de demander pour moi la main de mademoiselle Julie Mitoufflet. Mais, hélas! n'ai-je pas à craindre un gros démenti?

— Non, non, répondit Philidor, ton oncle t'aime trop pour te désavouer. Allons, allons, de l'audace, le succès est à ce prix.

Les choses se passèrent comme il avait été dit; la demande fut parfaitement accueillie; mais lorsqu'on eut quitté monsieur Mitoufflet, l'oncle interpella vivement le neveu, en lui reprochant d'avoir abusé de sa bonne foi.

— Comment as-tu osé me placer dans une pareille position? Sais-tu bien que l'idée m'est venue de déclarer que je n'étais chargé d'aucune mission, tu le méritais.

J'espère, mon ami, que tu reconnaîtras ce que je viens de faire pour toi, en rendant ta femme heureuse; c'est une jolie personne!!

Disons en passant que l'oncle s'y connaissait pour le moins autant que le neveu; c'était un homme d'une galanterie chevaleresque.

Monsieur Chevalier, non content d'avoir cédé aux désirs de Raoul, lui promit d'être son premier témoin et de se charger du repas de noces, voire même du crin-crin !

Si nous cherchons dans les plis du cœur humain le motif secret de la générosité de l'oncle à l'égard du neveu, nous supposons qu'en bon père de famille, il voyait avec satisfaction Raoul se produire. Blanche était sa fille, et les mauvaises langues disaient tout bas que les jolies lèvres de la cousine laissaient trop souvent échapper le nom du cousin.

Une visite de cérémonie.

Conformément aux usages établis dans les pays qu'on dit civilisés, monsieur Mitoufflet pensa devoir rendre une visite à monsieur Chevalier.

Il n'y a pas à se dissimuler que c'était une très-grosse affaire pour lui. Il fallait mettre ses beaux habits, du linge blanc, un col bien empesé, emprisonner ses mains dans des gants de peau, lui qui ne tenait pas dans la sienne, et surtout ne pas oublier sa montre et ses breloques, ces derniers objets venant en ligne directe du grand-père de son bisaïeul.....

Une fois habillé en *monsieur*, il se regarda dans une glace et se mit à rire comme un insensé.

— A la première vue, les bonnes gens diront : C'est un préfet ! Et que pensera mon concierge?

— Foi d'Hortense Mitoufflet, s'écria Madame, je suis contente de toi, tu es magnifiquement cravaté; ta redingote te pince la taille, on te donnerait vingt ans.

— Ah ! ma chère, tu me fais rougir !

— Voyons, mon ami, ne perds pas une minute, ta visite est annoncée; la famille de notre futur gendre t'attend.

Angélique, en service chez les Mitoufflet depuis longues années, admira son maître. Pour la première fois elle le voyait propre. Empressons-nous d'avouer que Monsieur se réservait de brosser ses effets lui-même, et qu'il ne les brossait jamais dans la crainte de les user.

Après s'être donné la satisfaction d'embrasser sa femme, satisfaction qu'il se payait volontiers, vu qu'elle ne coûtait rien, le vieux quincailler partit le cœur content et l'âme à son aise, en se disant :

— Je vais marier ma fille, fameuse affaire ; ce sera une bouche de moins dans la maison ; la nourriture est si chère; le beurre, les épinards, tout augmente, c'est à devenir fou.

Il y a bien la dot, mais je m'arrangerai de façon à n'en payer que l'intérêt, et si les affaires du jeune ménage marchent, comme je l'espère, je me dispenserai petit à petit de cette sujétion ; ma fille a bon cœur, mon gendre me paraît être un excellent garçon, je n'aurai pas de peine à leur faire comprendre que des enfants bien élevés doivent se suffire. Ils sont jeunes, je suis vieux; ils ont l'avenir, et moi je n'ai que les rentes de ma femme, puisque le reste est..... Au fait, ça ne regarde personne... Dans le monde il y en a qui ont de la chance, et d'autres.....

Faute d'un sou.

Bon, voici l'omnibus! Je me suis mis en garde contre les folies, les entraînements, je n'ai pris que six sous; 30 centimes, comme disent les savants ; c'est ma foi bien assez. Je reviendrai à pied ; quand je serais un peu crotté, ça ne fera rien, je rentre chez moi. Conducteur ! conducteur !

La voiture s'arrêta, et maître Mesquin, comme on l'appelait dans le quartier, s'élança sur le marchepied.

— Mon Dieu ! mon Dieu ! s'écria-t-il aussitôt, j'avais mon argent dans la main, et je viens de laisser échapper un sou.

— Eh bien, cherchez-en un autre, répondit le conducteur.

— Je n'avais que ça, répliqua piteusement le bonhomme.

— Alors, descendez ! Vous avez de la chance, *vous n'êtes pas sonné.*

Après avoir cherché son sou dans le ruisseau, compromis ses gants, et provoqué le rire des voyageurs, monsieur Mitoufflet prit son parti en brave, en se disant avec une certaine satisfaction :

— Un sou de perdu cinq de gagnés ; j'arriverai tout de même, l'exercice m'a toujours été favorable. On m'attend, ce n'est pas la peine de me presser. Ah ! si on ne m'attendait pas, ce serait différent. Ce cher Raoul saura bien faire patienter sa famille..... il aime tant ma Julie !

Je ne suis pas trop fâché de cet événement ; je vais avoir le temps de réfléchir et de préparer mon discours, il s'agit d'être éloquent.

Voyons, j'y suis : Messieurs et Mesdames, j'ai bien l'honneur..... bon, ça vient de craquer ; c'est ma bretelle. Comme ça va être commode ; heureusement qu'il m'en reste une, car je n'ai pas de hanches.

Je disais donc : Messieurs et Mesdames, je suis venu un peu tard parce que, figurez-vous qu'en montant dans l'omnibus... j'ai laissé tomber un sou et alors... mais c'est impossible à avouer ! voilà que je patauge...... Au fait, je ne dirai rien, c'est plus simple.....

Tiens, tiens, me voici comme qui dirait au canal. Que signifie cette foule ? Il y a donc un malheur d'arrivé : un chien qui se baigne, un enfant qui se noie, les Parisiens sont si badauds !...... Ah ! mais non, c'est l'écluse qui est ouverte. Il faut attendre ; j'ai vraiment du guignon.

Voici un gamin qui traverse sur le bateau ; il n'y a aucun danger, et en tenant mon pantalon, malgré ma bretelle cassée, je puis me risquer.

Monsieur Mitoufflet s'avança courageusement, mais moins chanceux que le gamin, il alla rouler dans le plâtre en vrac qui composait le chargement.

Un immense éclat de rire se fit entendre. Le public et les marins d'eau douce paraissaient fort joyeux, pendant que monsieur Mitoufflet se débattait comme un diable dans un bénitier. Le pauvre homme ressemblait, à s'y méprendre, à un pénitent blanc en grande tenue.

Le patron du navire tendit une perche ; le patient la saisit aussitôt et remonta sans chapeau sur le plat-bord. Ajoutons que l'autre bretelle avait imité la première, et que le pantalon de monsieur Mitoufflet se tenait en équilibre, grâce aux efforts surhumains de son propriétaire.

Après s'être recueilli, l'ancien quincaillier jeta un cri d'effroi ; le bateau ayant franchi l'écluse se trouvait en plein canal.

— A Rouen ! à Rouen ! hurlait le peuple français, composé d'hommes, de femmes, de gamins et de militaires.

Les marins menacèrent monsieur Mitoufflet de le faire arrêter en arrivant au chef-lieu de la Seine-Inférieure, comme s'étant permis de *passer la jambe* aux règlements de police. Ils cherchaient tout simplement à effrayer le pauvre homme; car, à bien prendre, ces marins-là étaient les meilleurs gens du monde, toujours disposés à *rigoler*.

Que faire? se demandait le futur beau-père de Raoul. En supposant que, par pitié, on me mette à terre ainsi qu'un chien qu'on arrache des flots, il m'est impossible de me présenter en plâtrier chez monsieur Chevalier.

Enfin, pris d'un profond désespoir, monsieur Mitoufflet se précipita — toujours en tenant son pantalon — aux pieds du patron, et lui dit en sanglotant :

— Mon amiral, ayez pitié de moi, ça vous portera bonheur; Hortense, Julie et Angélique prieront pour vous! En vérité, je n'ai que cinq sous comme défunt Juif errant, mais si vous les voulez, je vous les offre à titre de rançon!

Le patron du bateau, se sentant ému devant tant d'infortune, donna l'ordre d'aborder. La manœuvre était à peine terminée que le prisonnier, léger comme une plume, s'élançait sur la rive sans regarder si son pantalon le suivait. Nous devons dire que ce vêtement indispensable, fidèle à sa consigne, resta modestement à son poste; les mœurs furent respectées !

Un pâtissier, à la recherche d'un de ses garçons, et trompé par la blancheur du costume, se mit à poursuivre monsieur Mitoufflet qui n'en courait que plus fort, pensant que les agents étaient à ses trousses. Dès lors, le négociant en brioches se persuada que son garçon devait avoir de graves motifs pour s'échapper, et que certainement il emportait la caisse de l'établissement. Mû par cette pensée, le brave homme se mit à crier :

— Au voleur ! au voleur !

— C'est vrai que j'ai eu tort de monter sur le bateau pour traverser le canal, se disait en courant le père de mademoiselle Julie, mais enfin je n'ai rien volé; au contraire, j'ai perdu mon chapeau et abîmé tous mes effets, manqué mon rendez-vous, compromis l'avenir de ma fille; je suis le dindon de la farce, et c'est moi qu'on poursuit.

Hors d'haleine, monsieur Mitoufflet, tout en nage, s'abattit sur le pavé.

Le pâtissier lancé à fond de train ne put s'arrêter, et alla retrouver dans le ruisseau l'honorable monsieur Mitoufflet qui paraissait plus mort que vif.

Un sergent de ville témoin de cette incroyable scène, et ne pouvant deviner de quel côté étaient les torts, attendu qu'il n'était pas sorcier, intima l'ordre aux pauvres diables de le suivre chez monsieur le Commissaire de police du quartier. Après de longues explications, car les choses ne s'expliquaient pas d'elles-mêmes, le magistrat renvoya les parties dos à dos.

Le lendemain, les journaux du Gouvernement racontaient l'aventure dans tous ses détails; mais les feuilles de l'opposition blâmaient l'autorité. Il n'y a pas de milieu, disaient-elles, les deux parties ne devaient pas être inquiétées. On doit arrêter les coupables et non les innocents! Voilà où mène le règne de l'arbitraire.

Monsieur Mitoufflet rentra chez lui. Sa femme et sa fille le voyant en si piteux état,.

tombèrent anéanties; elles furent vingt-deux minutes sans reprendre connaissance, malgré les soins empressés d'Angélique, du propriétaire, du frotteur qui se trouvait là, des locataires et du portier.

Tout est rompu.

L'histoire de maître Mitoufflet n'ayant pas le sens commun, ne fut crue de personne. Monsieur Chevalier, scandalisé, écrivit à son neveu qu'il ne voulait, dans aucun cas, le voir entrer dans une famille d'aliénés.

Raoul et Julie pleurèrent amèrement.

Raoul aimait tant la charmante Julie, qu'il en arriva à regretter le 31 et le Nain jaune.

Laure ne reçut jamais de Pétrarque une pareille preuve d'amour !

A sa première sortie, Raoul courut chez son oncle, et le supplia de revenir sur la détermination qu'il avait prise de ne plus s'occuper de son mariage, et même de s'y opposer par la persuasion. Monsieur Chevalier ne voulut rien entendre. Madame Canari, sa concierge, lui avait procuré tous les journaux qui parlaient de la ridicule histoire de monsieur Mitoufflet, et avait ajouté que tout Passy en causait et en riait de bon cœur.

La mère Canari, en qualité d'ancienne cuisinière, aimait à mettre son grain de sel dans toutes les sauces ; aussi conçut-elle la généreuse pensée d'empêcher monsieur Raoul, qu'elle considérait beaucoup, d'épouser une inconnue, la fille d'un vieux fou, d'un avare. Cette bonne femme était très-bien renseignée.

— Pourquoi, se demandait-elle, ce charmant jeune homme ne penserait-il pas à mademoiselle Blanche, sa cousine germaine? Ce serait si naturel d'unir les enfants des deux frères! Si j'osais aborder monsieur Chevalier, je lui en toucherais deux mots.

Plusieurs fois madame Canari essaya d'entamer la conversation avec son propriétaire ; mais elle ne put y parvenir. Monsieur Chevalier paraissait intraitable ; le nom de monsieur Mitoufflet, et même celui de Raoul, le surexcitait au dernier point.

La brave concierge dut renoncer à son rôle de médiatrice.

En sortant de chez monsieur Chevalier, Raoul

écrivit à mademoiselle Julie une lettre dans laquelle il l'engageait à ne pas se décourager; il affirmait qu'il arriverait à gagner son oncle, et qu'il s'arrangerait de manière à la rencontrer chez monsieur Graverin.

Cette illusion fut, hélas! de très-courte durée. Le restaurateur reçut le pauvre garçon assez froidement, tout en le servant chaud; nous devons le déclarer, n'ayant nulle intention de nuire à la réputation de son établissement.

L'émule de Vatel, disons-nous, après avoir retiré son casque à mèche, s'approcha de la table de monsieur Raoul, et lui dit avec toute la dignité qu'on est en droit d'attendre d'un homme appelé à traiter une question très-délicate :

— Cher monsieur, nous nous connaissons depuis bien peu de temps, et cependant je n'hésite pas à vous avouer que je vous estime.

La préférence que vous daignez accorder à ma maison me flatte infiniment; mais permettez-moi de ne pas trop m'illusionner, car en vous voyant entrer je n'ai pu m'empêcher de dire à madame Graverin :

Ce n'est pas ma soupe qu'il aime,
Mais, c'est la fille à Mitoufflet.

N'est-ce pas cent fois vrai? voyons, jeune homme, un peu de franchise.

— Certes, Monsieur, répondit Raoul, je dois convenir que votre nièce est charmante, et que je me fais une fête de la trouver ici en dégustant votre excellente cuisine.

— Hélas! reprit monsieur Graverin, c'est précisément là où le bât me blesse. Je me vois dans la nécessité de faire appel à vos bons sentiments. Je ne puis vous interdire l'entrée de mon restaurant, mais il m'est permis de vous faire comprendre que votre présence chez moi me mettrait dans l'impossibilité de recevoir ma nièce; je dois des égards à monsieur Mitoufflet, mon beau-frère. Rappelez-vous, cher Monsieur, que j'ai déjà compromis mes rapports avec lui en recevant imprudemment un certain Ernest de Puisalin.

— Je comprends, Monsieur, et je saurai me résigner, murmura le fils Chevalier en se retirant, sans pouvoir ajouter un mot de plus, tant il était troublé.

Une scène d'un autre genre se passait chez monsieur Mitoufflet.

Mademoiselle Julie venait de recevoir la lettre de Raoul, et faisait de graves réflexions. La chère enfant poussait si loin les scrupules, qu'elle se reprochait de l'avoir lue, ce qui est édifiant pour une fille d'Ève!

— Monsieur Raoul est bien aimable, se disait-elle, sa lettre exprime les meilleurs sentiments, et cependant je ne puis lui répondre ; ma position de jeune fille et le respect que je dois à mes parents me le défendent.

Vraiment la fatalité poursuit mon excellent père..... ce qui vient de lui arriver est incroyable..... Le retard apporté à la visite chez monsieur Chevalier aurait pu trouver pour excuse, une indisposition ou tout autre motif..... Comment se fait-il que l'oncle de monsieur Raoul ait été aussi promptement informé ? Les journaux, si souvent indiscrets, ne nommaient personne..... Il faut qu'un mauvais génie préside à nos destinées! Nous n'avons cependant pas d'ennemis.

Je n'ai plus qu'une ressource, c'est de consulter ma mère et de m'en rapporter à elle.

Madame Mitoufflet ne put calmer les chagrins de sa fille, ni lever ses scrupules ; bien au contraire, elle l'engagea à oublier monsieur Raoul, et lui fit entendre qu'elle devait ce sacrifice à la dignité de son père.

Les tourments de Mlle Blanche.

A Passy, il régnait une véritable inquiétude. Monsieur Henry Chevalier n'avait pas été sans remarquer que, depuis la rupture du mariage de son neveu, sa fille, très-disposée à accepter un excellent parti, paraissait hésiter et recevait son prétendu avec indifférence.

Les jours d'entrevue, une amie de pension arrivait, ou Mademoiselle avait la migraine.

En un mot, le diable paraissait s'en mêler.

Monsieur Henry Chevalier prit Blanche à part et l'interrogea avec bienveillance ; les réponses furent tellement évasives que papa ne sut rien.

Qui donc est aussi fin qu'une femme ?

Une autre femme !

Après ces dames, il faut tirer l'échelle !

L'oncle de Passy, fort intrigué, épia les démarches de son neveu, et demeura persuadé que le pauvre garçon, tout entier à son chagrin, ne s'occupait nullement de sa cousine, excepté cependant pour fuir toutes les occasions de se trouver seul avec elle.

Néanmoins, monsieur Chevalier se dit :

— Il y a quelqu'anguille sous roche; il est évident que si une entente n'existe pas entre le cousin et la cousine, ma fille cherche, pour une autre cause, à retarder son mariage. Les femmes ont des délicatesses infinies qui nous échappent; aussi ne serais-je pas étonné que Blanche eût l'intention de voir renaître le calme dans l'esprit de Raoul avant de s'occuper d'elle-même. Ce serait assurément un beau sentiment!

Que faire? Je ne puis consulter personne.

Si ma femme vivait encore, elle m'eût aidé de ses conseils; elle était si sage, si prudente!

Je commence à croire que j'ai trop facilement brisé les espérances de mon neveu.

Evidemment, monsieur Mitoufflet est un pauvre homme; mais, en somme, ce n'est qu'un beau-père. Mademoiselle Julie est une charmante enfant que j'eusse été très-heureux d'appeler ma nièce. Voilà ce que c'est que d'agir trop vite.

Talleyrand a dit avec raison : Pas de zèle.

Allons, j'ai blessé l'amour-propre des Mitoufflet. Ces gens-là ne me pardonneront jamais. Il n'y a rien à tenter. J'avais écrit à mon frère, il ne répond pas. Même en cas de rapprochement, son consentement est indispensable. Il faut attendre....

Le père de Raoul avait reçu la lettre de son frère de Passy, et chaque jour il la lisait, la relisait, la commentait sans rien décider. Il se contentait de répéter :

— Mon fils n'est pas né pour le mariage; son caractère est trop altier, on ne mène pas une femme comme un régiment.

En effet, c'est plus difficile; il faut plus d'adresse et de diplomatie!

Madame Chévalier affirmait, au contraire, que son fils avait une excellente nature, et qu'une femme préférerait cent fois un homme de sa trempe à une poule mouillée.

D'ailleurs, ajoutait-elle, une fois marié, il sentira la nécessité de remplir ses devoirs d'époux et de père. A mes yeux, sa jeunesse orageuse est une garantie pour l'avenir; il a jeté son feu. Les meilleurs maris sont ceux qui ont usé de la vie. Les passions qui se développent tardivement sont toujours dangereuses.

Monsieur Chevalier père continuait son opposition en criant qu'il ne céderait pas. Il aurait dû savoir par expérience que sa chère moitié avait une volonté, et que, soumis depuis trente ans comme le plus humble des caniches, il devait obéir.

Tous les maris en sont là! Ce que femme veut....

Le consentement.

Un matin, poussé par une force irrésistible, monsieur Chevalier prit une plume d'oie, la tailla, la surcoupa et se mit à écrire à son frère. Il joignit à sa lettre son consentement, et s'excusa de ne pouvoir se rendre à Paris pour cause de santé. Comme le cher papa ne fut pas forcé de fournir un certificat de médecin, on dut s'en rapporter à lui.

Disons, entre nous, que l'ancien herboriste se portait à merveille, mais qu'il ne pouvait se défendre de la terreur que lui inspirait la capitale. Il en était parti en jurant de n'y jamais revenir ; or, c'était un homme de parole.

Au reçu du message, monsieur Henry Chevalier manda son neveu.

Raoul trembla de joie, et mademoiselle Blanche eut, dirent les mauvaises langues, un moment de dépit très-accentué. En cousant, elle cassa trois aiguilles.

Que se passait-il dans ce petit cerveau ?

L'oncle remit à son neveu tout ce qu'il avait reçu de Troyes, et lui donna en outre un mot de sa main pour monsieur Mitoufflet. Ce mot mystérieux était soigneusement cacheté. Monsieur Henry Chevalier exprimait-il des regrets ? Faisait-il des excuses ? nul ne le sut.

Après avoir mis ses lunettes et déchiffré les pattes de mouches qui s'offraient à sa vue, monsieur Mitoufflet se leva et serra Raoul dans ses bras, en lui criant de façon à réveiller les échos d'alentour :

— Mon ami, vous êtes mon gendre !

Tout est bien qui finit bien !

Si nous examinons ce qui se passe à Passy, nous voyons Blanche s'approcher timidement de son père ; nous l'entendons le remercier du concours qu'il voulait bien prêter à son cousin, et ajouter, entre deux soupirs mal dissimulés :

— N'avons nous pas un grand dîner ces jours-ci ?

— Non, mon enfant, il y a contre-ordre. Monsieur de Valcourt m'a écrit ce matin que son père l'engageait à revenir, et qu'il le priait de renoncer pour quelque temps à ses projets d'établissement. Je ne te dissimule pas que je m'y attendais ; c'est un peu de ta faute, tu n'as vraiment pas été gracieuse avec ce jeune homme.

— Mais, mon bon père, je ne pouvais cependant pas lui sauter au cou. Si mon accueil est son seul motif de rupture, il fait preuve de mauvais caractère et ne me laisse aucun regret.....

Je ne l'aurais jamais aimé.

— Allons, n'en parlons plus, et puisque tout est rompu, il est inutile de te monter la tête.

Evidemment, monsieur de Valcourt n'eût été accepté que par dépit. Les affections de Blanche devaient être ailleurs, bien qu'elle n'en convînt pas.

Dissimuler n'est pas mentir!

La police descend dans les catacombes, dans les carrières d'Amérique, et pénètre dans les fours à plâtre; elle sait ce qui s'y passe; mais il est un endroit où son œil exercé n'aperçoit que des ténèbres. Cet endroit, c'est le cœur de la femme, dont les replis impénétrables dissimulent des amours et des haines. Nul ne peut déchiffrer les caractères hiéroglyphiques de ce livre-là.

Blanche ne se maria pas, mais Raoul put espérer enfin qu'il allait atteindre son but. Se trompait-il? C'est ce que nous verrons dans un avenir prochain.

Affreuse nouvelle! Mariage impossible.

Il faudrait être bien étranger aux choses d'ici-bas, pour ignorer qu'un mariage cause d'incessantes courses et de nombreux achats. On craint de ne pas être prêt, et lorsque le dernier moment arrive, on s'aperçoit souvent qu'on a oublié des choses essentielles;

alors on fait comme on peut.

Raoul en était là ; il venait d'acheter des gants, des cravates et divers objets. Placé au fond d'un omnibus, il récapitulait ses courses, lorsque son regard se porta machinalement sur le plus gros de ses paquets qui se trouvait enveloppé dans un ancien journal. Tout à coup, le mot « faillite » vint frapper son regard, et ce fut avec effroi qu'il lut, à la suite de plusieurs noms inconnus, celui de monsieur Mitoufflet, son beau-père.

Tout était exact : nom, profession, demeure ; la date seule manquait.

A cette révélation inattendue, le pauvre fiancé devint tellement pâle, qu'une voisine charitable lui demanda ce qu'il avait.

— Rien, Madame, répondit-il, je vous remercie.

Néanmoins, il se hâta de descendre de voiture et entra dans un café. Il paraissait fort absorbé ; en effet, il réfléchissait au parti qu'il allait prendre.

— Ce mariage est impossible, pensait-il, je ne puis entrer dans une famille dont le chef n'a pas tenu ses engagements. Mes parents sont honorables; une mésalliance serait une honte. Que diraient mon père et mon oncle?

A quel monde appartient donc ce monsieur Mitoufflet? Pourquoi m'a-t-il caché sa position? De deux choses l'une; il ne verserait pas la dot promise, ou cet argent ayant été soustrait à ses créanciers, je serais dans l'impossibilité de l'accepter.

J'admets le peu d'intelligence du père de mademoiselle Julie, mais je ne puis comprendre son manque de franchise et de loyauté.

Quoiqu'il m'en coûte, il faut rompre!

Je vais écrire à monsieur Mitoufflet, et m'éloigner de Paris. Une explication serait trop pénible; je ne pourrais étouffer ma colère!

Ma résolution est irrévocable!

Oui, c'est bien décidé... mais cependant, si ce malheureux père n'allait pas faire connaître à sa fille la cause véritable de mon éloignement! Quelle opinion concevrait de moi cette bonne demoiselle Julie? Je serais à ses yeux un misérable; elle me comparerait à monsieur Ernest de Puisalin.

Je ne puis, de cœur joie, me déshonorer, car c'est manquer à l'honneur que de tromper une chaste enfant, et je passerais pour l'avoir essayé.

A bien considérer, je ne dois aucun ménagement à monsieur Mitoufflet; cet homme n'étant plus digne de mon estime, mon devoir est de l'attaquer en face.

Pourquoi tremblerais-je devant lui? Ce serait une lâcheté.

Cette grave résolution prise, Raoul se mit en route, mais il n'avançait pas; son âme était brisée et ses jambes se dérobaient sous lui. Cependant, il fallait en finir.

Aussitôt arrivé, il sonna convulsivement, et sans la moindre hésitation; ce fut monsieur Mitoufflet qui vint ouvrir.

D'un coup d'œil, le vieux quincaillier devina l'agitation de Raoul et lui dit :

— Mon Dieu! mon Dieu! avez-vous un malheur à nous apprendre?

Sur ces entrefaites, et au moment où le pauvre fiancé allait répondre en donnant un libre cours à son indignation, madame Mitoufflet entra.

La présence de cette dame si bienveillante rappela Raoul au calme, et au lieu d'interpeller le bonhomme, il pria monsieur et madame Mitoufflet d'excuser son embarras, et leur dit :

— Voici un document que le hasard vient de mettre entre mes mains, et je prie Monsieur d'en prendre connaissance.

Le père Mitoufflet se troubla visiblement, et avoua qu'entraîné par la force des événements politiques de 1830, il s'était trouvé dans la triste nécessité de déposer son bilan.

— Alors, Monsieur, dit Raoul, vous auriez dû me faire connaître votre situation.

— C'est vrai, répondit madame Mitoufflet, mais mon mari n'a pas osé.

— Convenez, Madame, que c'est fort singulier. Expliquez-moi du moins comment il entendait trouver les 25,000 francs promis à Mademoiselle, puisqu'en pareil cas il est du devoir d'un honnête homme de tout abandonner à ses créanciers.

— Monsieur, reprit le bonhomme, avec une certaine énergie, les 25,000 francs dont vous parlez proviennent de l'héritage d'une vieille tante de ma femme, et cette parente n'est morte qu'en 1834. Quant à mon avoir particulier, j'ai tout abandonné, et je vous avoue que, sans une rente viagère qui appartient encore à ma chère Hortense, nous n'aurions pas de quoi vivre.

— Tout ce que mon mari vient de vous dire, monsieur Raoul, est l'exacte vérité..... Nous n'avons aucun reproche à nous faire ! Nous sommes d'honnêtes gens, je vous le jure !

J'aurais peut-être mieux fait de sacrifier mon avoir à notre réhabilitation, que de chercher à marier ma fille ! Mais, Monsieur, croyez-moi, si je suis coupable..... je suis aussi bien malheureuse..... Il faut être épouse et mère pour le comprendre ! !

Raoul, très-ému par les loyales déclarations de madame Mitoufflet, chercha vainement à la consoler; la pauvre femme pleurait, et son mari mêlait ses larmes aux siennes.

Après un long silence, madame Mitoufflet ajouta :

— Je vois, Monsieur, que vous prenez part à notre douleur, je vous remercie; vous êtes un brave jeune homme..... Avant un mois, nous serons réhabilités..... Comprenez notre faiblesse, il fallait choisir entre le bonheur de

notre fille et notre propre considération.....
Dieu nous pardonnera d'avoir hésité, nous
aimons tant Julie, elle est si bonne, si douce,
si respectueuse! Jamais la chère enfant ne
nous a causé le moindre tourment.

Reprenez votre parole, monsieur Raoul,
nous ne voulons pas que vous ayez à rougir des
parents de la femme à laquelle vous apportez
un nom honorable et un cœur aimant; nous re-
nonçons à nos projets..... La seule chose que
nous vous demandons, Monsieur, c'est de nous
conserver votre estime; nous y attachons le
plus grand prix.

— Non, mille fois non, Madame, répliqua
aussitôt Raoul, j'aime mademoiselle Julie. Avec
ou sans dot, je veux qu'elle soit ma femme; ce
que vous venez de me dire calme tous mes
scrupules. L'argent que vous deviez donner à
votre fille ne peut trouver un plus noble emploi que celui auquel vous le destinez, et je
suis certain que ma femme, vous entendez bien
ce mot..... que ma femme en fera le sacrifice
avec joie, lorsqu'elle apprendra que l'honneur
de son père en dépend..... Nous sommes jeunes,
Madame, nous travaillerons.

En ce moment, on aperçut mademoiselle Julie qui venait d'entrer, et l'humble jeune fille, transportée de joie et de reconnaissance, tendit à Raoul ses deux petites mains en s'écriant :

— Merci, Monsieur, merci, j'ai tout entendu. Je savais que mes parents me cachaient un gros chagrin; mais maintenant que j'en connais la cause et que vous voulez bien m'aider à dissiper leurs inquiétudes, laissez-moi vous avouer que je ne me suis jamais sentie si riche, si heureuse et si fière..... Oui, Monsieur..... oui, mon ami, nous travaillerons.

A son tour, madame Mitoufflet, fort émue, vint serrer avec effusion la main de son futur gendre. Quant à son mari, il ne put prononcer un mot, et tomba anéanti dans son fauteuil; néanmoins, après s'être recueilli, il articula, avec une éloquence qui ne lui était pas familière, de vifs remercîments. Enfin, il demanda bien timidement à Raoul comment il ferait pour se passer d'un capital sur lequel il se croyait en droit de compter.

— C'est bien simple, répondit celui-ci : ainsi que je vous l'ai dit, mon cher Monsieur, mes patrons, messieurs Filodel et Compagnie, m'ont promis un intérêt dans leur maison aussitôt que je serais marié ; mais ils ne m'ont imposé aucune condition. Au lieu de leur verser 30,000 francs, je leur en remettrai 10,000. Ces Messieurs, Dieu merci, n'attendent pas après mon argent.

— Mon ami, répondit monsieur Mitoufflet, puisque, grâce à vous, je dois retrouver la paix intérieure, tout en assurant l'avenir de ma fille, je vais me remettre au travail ; un peu de crédit et beaucoup d'énergie suffiront, je l'espère, à réparer un désastre qu'il nous a été impossible d'éviter.

— Cher Monsieur, reprit Raoul, les difficultés sont loin de m'effrayer. J'ai été élevé par une excellente mère, dans des idées modestes, et puis, un vieux professeur qu'on nommait le père Radottin, et que nous appelions dérisoirement : *l'homme au collet gras*, a posé cent fois devant moi des principes de conduite et de probité auxquels je veux rester fidèle. J'ai complété ensuite cette première éducation à une école qui retrempe les natures les plus indécises. Le régiment m'a transformé. Pour moi, les privations ne sont rien ; je sais me contenter du strict nécessaire; le soldat ne connaît pas les superfluités.

Tenez, ce qui m'arrive me met à l'aise. Dans le siècle où nous vivons, les hommes qui épousent la dot, et non la femme, subissent d'incroyables exigences. Madame veut être servie; c'est avec arrogance qu'elle sonne ses gens. Ses doigts immaculés se déshonoreraient en touchant une aiguille. Elle reçoit à ses heures, donne des dîners, des soirées, et réclame, sans consulter le budget de la maison, une femme de chambre, une nourrice sur lieu. Il lui faut aussi des voitures et des chevaux fringants; ça fait si bien de faire séjourner un équipage à la porte de ses amis et de ses fournisseurs!

Oui, Monsieur, oui, Madame, je préfère vos mœurs et la simplicité de votre chère enfant. Nous travaillerons ensemble, et je n'aurai pas la douleur de voir dévorer en toilettes tapageuses, trois ou quatre fois l'intérêt des sommes qui m'auraient été comptées à regret par d'orgueilleux parents.

Tous les obstacles étant levés, on arrêta d'un commun accord le jour du mariage.

Un scandale.

L'oncle Chevalier fut une fois de plus la providence de son neveu, en payant le repas et les violons.

Papa Mitoufflet se chargea des frais de transport. Aussi décida-t-il, dans sa haute sagesse, que les hommes iraient à pied, ce qui offrirait le triple avantage de donner de l'appétit, de faciliter la digestion, et de ne rien coûter. Il appelait ça un pique-nique, vu que chacun en était pour ses chaussures. Quant aux dames, il voulut bien leur procurer de modestes sapins.

A la mairie, tout se passa sans le moindre incident. Il n'en fut pas de même à l'église où de nombreux parents et amis attendaient avec impatience l'arrivée des époux.

Aux mots : « C'est bien ça ; c'est lui! » qu'on entendit retentir, tous les assistants se retournèrent et aperçurent une femme modestement vêtue qui causait avec le suisse de la paroisse.

La mère Canari, s'étant approchée, saisit la conversation, et se hâta naturellement de venir la répéter.

— Figurez-vous, dit-elle, que cette femme arrive de la mairie, où elle s'est présentée trop tard pour former opposition au mariage de monsieur Raoul, le neveu de mon propriétaire. Il paraît que la petite fille que vous voyez là-bas est de lui. A la regarder de près il y a de ça; la bouche, le nez, les yeux, les cheveux, c'est frappant; en général, une fille ressemble à son père..... savez-vous que c'est bien malheureux pour la nouvelle mariée..... Vrai, j'ai encore de la chance, moi qui voulais lui donner sa cousine Blanche; maintenant elle serait dans de beaux draps, la pauvre enfant!

Ah! les hommes, ne m'en parlez pas; il n'y a plus moyen de s'en rapporter à eux; tenez, celui-là, on lui aurait donné le bon Dieu sans confession.

En vérité, je ne sais comment ça va s'arranger.

— Ce n'est cependant pas malin à deviner, reprit une vieille commère, il n'y a plus qu'à plaider en séparation; je connais ces manivelles-là. Le cousin du père de mon mari avait son fils, petit clerc chez un avoué..... Moi, voyez-vous, je suis à cheval sur les principes,

et j'vas un peu prévenir monsieur Mitoufflet;
ce pauvre cher homme ne mérite pas qu'on lui
fasse des histoires.

En ce moment, on entendit les échos répéter:

— Les voilà, les voilà !

Alors la femme aux principes s'empara de la
main de la petite fille, et s'adressant à monsieur Raoul dès qu'il mit pied à terre, lui cria :

— Tenez, Monsieur, voilà votre enfant;
vrai, je vous félicite..... c'est édifiant !

Raoul repoussa la commère en se contentant
de lui dire avec calme :

— Passez votre chemin, ma bonne femme,
vous êtes folle !

La mariée pâlit légèrement, la confiance
qu'elle avait dans son cher Raoul l'empêcha
de se décontenancer.

Le père Mitoufflet, très-crédule de sa nature,
s'affaissa sur lui-même, et tomba dans les bras
de sa femme en accablant son gendre de malédictions.

— Je ne m'étonne plus, ajouta-t-il, que ce
misérable se soit montré si coulant sur la dot.
J'aurais dû me méfier; on n'abandonne pas
comme ça 25,000 francs.

De tous côtés il se formait des groupes. Dans l'un on déplorait la chose, et dans l'autre on criait à la calomnie; c'était un brouhaha épouvantable.

Monsieur Henry Chevalier se mordait les pouces en faisant cette réflexion :

— Que va dire mon frère? Décidément, mon neveu est un polisson.

Mademoiselle Blanche était anéantie.

Pendant ces scènes émouvantes, le suisse, le bedeau et le serpent luttaient avec la fille-mère qui voulait arracher les yeux à son séducteur. Enfin, le donneur d'eau bénite aspergeait la pauvre femme dans l'espoir de la calmer; il savait qu'on s'y prenait ainsi pour chasser le démon.

Très-heureusement que la petite fille, poussée dans les jambes de Raoul, s'était mise à crier :

— Je veux rester avec maman; cet homme-là, c'est pas mon petit papa !

Ce cri de l'enfant venait enfin d'ouvrir les yeux à l'assistance, et les plus prévenus se joignant aux agents de l'autorité, interpellèrent la plaignante, et apprirent qu'il s'agissait d'un nommé Cavalier. Le suisse avait confondu cet individu avec monsieur Chevalier.

Le père Mitoufflet ayant été transporté dans un café en face de l'église, on s'empressa d'aller lui annoncer qu'il y avait eu un gros malentendu; mais il fallut beaucoup d'explications et quelques verres de madère pour le remettre dans son assiette. Le brave homme était tellement troublé qu'il ne pouvait saisir la différence existant entre les noms Chevalier et Cavalier. Il comprenait que son gendre s'était présenté sous un faux nom, tout comme monsieur Ernest, ce qui aggravait considérablement ses torts, et il ajoutait :

— Qu'il se nomme Chevalier ou Cavalier, c'est toujours la même chose, du moment qu'il apporte à ma fille des enfants à remuer à la pelle. Tout le monde sait qu'il n'y a que le premier pas qui coûte !

Notons en passant que, pendant ces débats, le prêtre avait continué sa messe, et qu'il en était à l'élévation lorsque les époux arrivèrent. A l'instar de défunt saint Jean, le respectable vicaire avait prêché dans le désert; car, à l'exception de deux sourds et d'un aveugle, tout le monde était resté sous le porche.

Le bonhomme Mitoufflet, complètement remis, se consola de l'erreur commise par le suisse en lui disant avec ironie, lorsqu'il réclama son pour-boire :

— *Tu peux te fouiller !*

A quoi celui-ci fit tout haut cette éloquente réflexion :

— C'est bien la peine *d'être un grand mariage pour avoir des expressions pareilles.*

Quant au bedeau, il reçut un simple coup de chapeau.

Les enfants de chœur furent renvoyés et traités de *petits gosses.* Les pauvres eux-mêmes n'obtinrent absolument rien, vu qu'ils s'étaient permis de rire au nez du vieux quincaillier.

Le dîner offert par monsieur Henry Chevalier fut magnifique. Le cher oncle était passé maître en l'art d'ordonner un repas. Après des mets délicieux, on prit d'excellent café.

Monsieur Mitoufflet, malgré les émotions de la journée, mangea comme quatre, attendu qu'il ne payait pas, et que cette considération financière le touchait infiniment. Remarquons, en outre, qu'il se montra très-raisonnable en ne cassant que trois verres et deux bouteilles; encore prétendit-il avec aplomb qu'on l'avait poussé.

Plusieurs convives, y compris Philidor, chantèrent la *Marseillaise*, signe évident que les cerveaux étaient en ébullition.

La mariée avait une voix ravissante, Raoul eut le rare bon sens de se taire; mais, hélas! le garçon d'honneur, jeune fat de vingt ans, resta en plan après s'y être repris à quatre fois. Un des invités mit fin à ces infructueuses tentatives en s'écriant :

— Honneur au courage malheureux!!

Un vieux Monsieur, qui avait sans doute été sacristain, entama un cantique qu'il ne put achever; il se plut à avouer, preuve de modestie, qu'il avait oublié les paroles, et que l'air lui échappait pour le moment. Néanmoins, la galerie encouragea ce digne homme en le couvrant d'applaudissements.

Bref, l'ami Philidor, furieux de n'avoir pu se faire entendre que treize fois dans la soirée, entonna le *Chant du départ!*

Les incidents du bal.

L'usage, la mode, deux sottes choses, ordon-
nant aux femmes de prendre un costume répu-
té scandaleux partout ailleurs, tous les invités
durent se retirer pour changer de toilette.

Monsieur Mitoufflet tint à accompagner sa
femme et sa fille; seulement, la température
s'étant rafraîchie, le cher homme manifesta le
désir de se vêtir plus chaudement. Après avoir
cherché vainement dans sa garde-robe, il eut
l'idée d'emprunter un pardessus à un de ses
voisins. Cette pensée lumineuse n'étant venue
qu'à la dernière minute, monsieur Mitoufflet
prit le vêtement, descendit l'escalier et sauta
dans la voiture qui l'attendait.

En arrivant à la porte de monsieur Henry
Chevalier, l'illustre beau-père se pencha vers
le cocher. Ce dernier, croyant à un pourboire,
fit la bouche en cœur et tendit la main; mais,
au lieu d'une pièce blanche ou même d'un
simple monaco, l'automédon reçut l'ordre d'aller au galop chercher quatre personnes dans
des quartiers différents. Il partit en grognant,

et sa légitime colère se passa sur le dos de ses chevaux qu'il rossa d'importance.

Si le garçon d'honneur se fût trouvé là, un grave conflit eût certainement éclaté, monsieur Mitoufflet venant d'empiéter sur ses droits.

On ouvrit le bal à dix heures.

L'oncle fit danser sa nièce. Les valses, les polkas et les quadrilles se succédèrent, et ne furent interrompus que par un incident assez fâcheux. Le garçon d'honneur, un cocher et un sergent de ville, venaient de pénétrer dans le salon.

— Monsieur l'agent, disait le cocher, en se drapant dans son carrick, je vous avoue que j'ai donné un démenti à ce blanc-bec, et que je l'ai traité d'imbécile vu qu'il s'est posé en me disant :

« J'ai seul le droit de donner des ordres; je » suis le garçon d'honneur, et vous ne savez » pas ce que vous dites en prétendant qu'un » Monsieur décoré vous a envoyé chercher des » invités; vous avez pris ça sous votre bonnet, » attendu que personne n'est décoré dans nos » familles. »

L'agent regarda avec attention la boutonnière de tous les assistants, et n'y vit pas l'ombre d'un ruban, sur quoi il déclara au cocher qu'il allait le conduire au poste.

— Elle est forte, celle-là, s'écria l'inculpé. Laissez-moi au moins faire le tour du bal, et je me charge de reconnaître mon bonhomme, il est assez laid pour ça !

En effet, sans hésiter, le cocher sauta au collet du père Mitoufflet.

— Cet homme est ivre ! affirmèrent les danseurs ; c'est insensé ! Quel est le souverain qui aurait eu l'idée de décorer monsieur Mitoufflet ?

L'autorité paraissait fort embarrassée lorsque le domestique chargé du vestiaire apporta un pardessus orné d'une superbe rosette.

— A qui ce vêtement ? demanda le sergent de ville.

— C'est à moi, répondit, en tremblant, le vieux quincaillier.

— Ah ! c'est à vous ! Vous vous permettez de porter illégalement les insignes d'officier de la Légion d'honneur ! vous n'avez que ça de toupet ! Eh bien, je vous déclare que je vais dresser procès-verbal et vous mettre au violon.

Un des assistants s'étant permis de sourire, le sergent de ville le pria de remarquer qu'en parlant de violon, il n'avait nullement l'intention de faire un mauvais calembour.

Le père Mitoufflet interrompit alors la discussion en disant :

— Somme toute, ce pardessus est à moi sans être à moi.

Tout le monde se mit à rire.

— Que nous contez-vous là? reprit l'agent, vous l'avez reconnu il n'y a qu'un instant. Allons, pas tant de façon, vous vous expliquerez chez monsieur le Commissaire de police.

Pour clore cet incident, madame et mademoiselle Mitoufflet s'empressèrent d'intervenir, et firent comprendre à l'autorité que leur époux et père, craignant les rhumes de cerveau, avait emprunté le fameux vêtement à un officier en retraite qui demeure sur leur carré.

Le sergent de ville, séduit par les beaux yeux de la mariée, et effrayé de la décomposition qui s'opérait sur le visage du beau-père, parut convaincu de l'innocence du bonhomme et renvoya les parties.

La nuit s'acheva, et les époux se retirèrent

sans bruit. On ne les revit que le lendemain fort tard.

Le ménage. — La famille.

Julie était vraiment la plus délicieuse des femmes, la meilleure des créatures; non-seulement elle était active, laborieuse, empressée, économe, mais elle avait le rare talent de charmer tous ceux qui l'approchaient.

Tout le monde l'aimait.

Néanmoins, il y avait une ombre à ce ravissant tableau :

La cousine Blanche, sans être malveillante, se montrait froide, indifférente. On eût dit qu'elle voulait établir une barrière entre elle et sa nouvelle cousine. Les avances de Julie étaient reçues avec une certaine hauteur.

Etait-ce la différence de position qui projetait cette ombre? Assurément non ; Blanche n'avait jamais fait parade de sa fortune, elle était bonne, et simple dans ses goûts.

Malgré tout, les réunions qui avaient lieu tous les quinze jours, à Passy, chez monsieur Henry Chevalier, étaient de véritables fêtes.

La société se composait d'amis sincères, au nombre desquels on remarquait de très-jolies personnes. Le maître du logis était galant et spirituel ; mademoiselle Blanche se montrait tour à tour dédaigneuse, bruyante, et folle. Le fils de la maison étant au collége et sortant rarement, passait inaperçu.

L'oncle Poncelet recevait aussi les jeunes mariés. C'était un bon vivant qui se faisait un devoir de pratiquer largement l'hospitalité.

Dans la maison Poncelet, une gaieté franche et communicative régnait de l'arrivée au départ des convives.

A peine dirons-nous quelques mots de madame Poncelet, par cette raison qu'on parle peu des gens modestes, dont l'unique rôle paraît être de s'effacer et de se dévouer pour ceux qui les entourent.

Aussitôt le mariage de Raoul, monsieur Mitoufflet avait ouvert, aux Batignolles, un fonds d'articles de ménage.

Dans le courant de la semaine, il lui arrivait souvent d'inviter sa fille et son gendre à venir passer la journée du dimanche, mais les trois quarts du temps il annonçait le samedi qu'il ferait *relâche* le lendemain ; il prétextait une indisposition. Avouons ici que monsieur *Mesquin* préférait aller dîner chez ses enfants, ça rentrait dans ses idées.

Lorsqu'il parvenait à réaliser ce programme économique, il mangeait beaucoup, et se portait à merveille.

Monsieur Mitoufflet occupait ses loisirs à cultiver un petit jardin dans lequel les fruits abondaient, ce qui faisait sa joie ; cependant, il arrivait qu'on manquait de dessert toute l'année, l'intelligent jardinier s'étant décidé à ne jamais cueillir les fruits mûrs, dans la crainte de faire tomber ceux qui ne l'étaient pas.

Aussitôt la nuit, de bienveillants voisins escaladaient les clôtures et faisaient la récolte.

Nous n'apprendrons rien aux lecteurs en leur disant que le vieux quincaillier n'avait pas inventé la poudre ; aussi, tout quincaillier qu'il était, ne parvenait-il jamais, lorsqu'il rentrait tard, à ouvrir la porte de son allée ; il est vrai qu'il y avait un secret..... que tout le monde connaissait.

Après s'être épuisé en recherches inutiles, monsieur Mitoufflet se déterminait à appeler

Angélique; mais aussitôt il se voyait entouré par les gamins du quartier qui poussaient des cris à casser les vitres. Alors, le patient jurait, tempétait, et enfin suppliait les braillards de se taire; ceux-ci faisant semblant de le prendre en pitié, lui proposaient de lui venir en aide, et criaient tous ensemble :

— Angélique! Angélique!

A ce bruit infernal, madame Mitoufflet et sa bonne, supposant que le feu était aux quatre coins de Paris, se mettaient à la fenêtre dans le costume que devait avoir notre mère Ève avant l'invention des robes montantes, et ce costume découvrait des horizons qui faisaient rire les passants.

Le lendemain, monsieur le Commissaire de police faisait appeler le père Mitoufflet, l'engageait à mettre de l'eau dans son vin, et le menaçait de le poursuivre pour tapage nocturne.

Le pauvre diable ne trouvait pas un mot à dire, ce qui faisait penser aux agents qu'il avait encore la langue épaisse.

Probablement afin de ne rien rendre, ce qui coûte toujours quelque chose, le vieux quincaillier n'acceptait pas même un verre d'eau chez ses meilleurs amis; lorsqu'on insistait, il se levait, gesticulait et jurait qu'il ne reviendrait plus.

Un soir, le digne homme rentra tout essoufflé; on venait de lui chiper son chapeau sur le boulevard extérieur. Ce fait d'armes avait été accompli par le fils de son portier, un gaillard d'une douzaine d'années; le père Mitoufflet épouvanté n'avait rien osé dire, et s'était réservé de conter, en rentrant, à sa femme et à sa bonne, qu'il avait été attaqué par plusieurs mauvais garnements; qu'il en avait terrassé deux et que les autres avaient pris la fuite.

Notons en passant qu'Angélique, en entendant le récit mensonger de son valeureux patron, s'était permis de hausser les épaules; elle savait à quoi s'en tenir.

Très-malheureusement, le lendemain, à la confusion du bonhomme, le concierge ayant eu vent de la gaminerie de son polisson de fils, le corrigea d'importance, et rapporta le chapeau, au grand étonnement de la galerie.

Madame Hortense Mitoufflet était une excellente personne, continuellement occupée à pallier les torts de son illustre époux, et à faire oublier ses bévues.

La pauvre femme fit tant et si bien, qu'elle parvint après quelques années à réparer, en grande partie, les désastres occasionnés par la Révolution de 1830.

Pas de beaux jours sans nuages.

Raoul passait à la maison toutes ses soirées.

La lune de miel s'éternisait !

Depuis quelques jours, Julie éprouvait de légers symptômes qui remplissaient son cœur de joie.

Elle allait être mère !

Les habitudes du jeune ménage n'en restaient pas moins les mêmes, à cela près cependant que Madame se couchait plus tôt et que Monsieur allait fumer un londrès sur le boulevard. C'était un plaisir d'autant plus innocent que sa promenade était un long rêve.

Il pensait à l'avenir.

« Si c'est un garçon, se disait-il, nous l'ap-
« pellerons Jules, et si c'est une fille, Louise ;
« j'ai toujours aimé ces noms-là.

« Je crois déjà me promener avec mon bambin, m'arrêter à toutes les devantures et contempler les pâtissiers, les confiseurs et les marchands de joujoux. Je suis parisien et badaud, le rôle de papa m'ira à merveille.

« Il est si doux de se dire : Je vais perpétuer mon nom, renaître en mes enfants. N'est-ce pas là l'immortalité vraie ? Au moins, si je travaille, si je réussis, ce sera pour mes bébés, j'aurai des héritiers directs ; ce doit être un grand souci de moins. En vérité, je préférerais dix enfants, au chagrin de n'en point avoir ; avouons cependant que ce serait beaucoup.

« Ah bah ! il n'y a jamais trop d'honnêtes gens ! »

Chaque jour c'était à recommencer. Le futur père se plaisait à étudier les questions multiples qui touchent la famille, lorsqu'un soir il fut distrait par des cris.

Un gros rassemblement se formait.

Une jeune femme, élégamment mise, venait d'être renversée par un fiacre, et le cocher, pour se soustraire à la responsabilité de son imprudence, fouettait ses chevaux, fendait la foule, et s'éloignait à fond de train.

Le premier mouvement de Raoul fut de relever la dame, et de s'élancer à la poursuite du délinquant, en criant : Arrêtez ! arrêtez ! Après une course de quelques minutes, il parvint à l'atteindre et à le ramener sur le lieu de l'accident, où, bien entendu, des agents dressèrent procès-verbal.

La jeune femme, simplement étourdie par le choc, avait été transportée chez le pharmacien qui lui prodiguait des soins intelligents.

Afin de ne pas laisser son œuvre incomplète, et dans l'espoir de se rendre utile, Raoul tint à s'informer de l'état de la victime ; c'était une très-jolie blonde, fort gracieuse.

— Vraiment, Monsieur, dit-elle à Raoul, je ne sais comment reconnaître votre empressement.

— Mais, Madame, je n'ai fait que mon devoir. J'oserai même, si vous le permettez, solliciter l'honneur de vous reconduire. Après une secousse pareille, il serait imprudent, et surtout à cette heure, de vous aventurer seule sur le pavé de Paris.

Si cependant, Madame, vous le préfériez,

je me ferais un devoir d'aller prévenir monsieur votre mari.

La jeune femme partit alors d'un charmant
éclat de rire, et s'empressa d'affirmer qu'elle
était absolument libre; puis elle ajouta d'un
ton familier :

— Merci, cher Monsieur, je reste trop loin
pour consentir à ce que vous me reconduisiez;
mais j'accepterai volontiers votre bras pour
aller à quelques pas d'ici, chez une de mes
bonnes amies, où nous recevrons le meilleur
accueil.

Quelques instants plus tard, le jeune couple
pénétrait dans un petit appartement fort coquettement meublé. Les deux amies s'embras-
sèrent avec effusion, et prièrent Raoul d'accepter, sans façon, une tasse de thé.

La conversation s'anima et devint très-en-
jouée.

Raoul oubliait Julie ! ! !

La maîtresse du logis lui ayant demandé :

— Habitez-vous notre quartier, Monsieur?

Raoul, désireux de garder l'incognito, lui
répondit assez timidement :

— Non, Madame, je n'ai pas l'honneur d'être

17

votre voisin; je demeure dans le quartier latin.

— Ah! très-bien, je comprends, vous faites votre droit.

Hélas! se dit Raoul, en se mordant les lèvres :

— Non-seulement je ne fais pas mon droit, mais je m'écarte diablement de la ligne droite. Où vais-je, mon Dieu, où vais-je?

Tout honteux, rougissant de lui-même, Raoul regardait la pendule, et voyait avec effroi la marche des aiguilles, sans oser prendre congé de ces dames. Enfin, faisant un effort qui lui paraissait surhumain, il se leva.

— Monsieur, lui dit alors la jeune blonde : Demain, mon amie vient déjeûner à la maison, et si vous voulez vous joindre à elle, nous ferons plus ample connaissance. Vous verrez que nous n'engendrons pas la mélancolie; n'est-ce pas, Célestine, je puis compter sur toi? Donne mon adresse à Monsieur, et n'oublie pas d'ajouter : au 2me, la porte à droite. Il est inutile de mettre les concierges dans nos petites confidences; d'ailleurs, je ne tiens pas à ce qu'Auguste..... tu comprends?

Célestine exécuta à la lettre les instructions

de sa compagne, et remit à Raoul l'adresse de son amie. Celui-ci la prit en tremblant et la plaça dans la poche de son gilet.

Après avoir échangé de cordiales poignées de main et promis un tas de choses, sans trop savoir ce qu'il disait, il partit. Quelques minutes de plus, il eût étouffé de honte!

Dans quelle société s'était-il trouvé? Ces dames étaient évidemment des femmes entretenues.

Lorsque Raoul rentra chez lui, Julie ne dormait pas. Elle pleurait!

Il était minuit!

— Comment minuit! Pourquoi si tard? Dis-moi, mon ami, t'est-il arrivé un accident? Il me semble que tu es pâle?

— Non, ma chère enfant, seulement j'ai rencontré un client, et demain matin..... je serai même obligé de m'absenter. Il est probable que je ne rentrerai pas déjeûner. Ce soir, ne m'en demande pas plus long, j'ai besoin de repos.

Ce fut tout soucieux que Raoul se mit au lit. Il ne put fermer l'œil, son pouls était agité et sa main brûlante. Mon Dieu! se disait-il, le

respect humain est une chose absurde. N'aurais-je pas dû dire à ces dames :

— Mesdames, permettez-moi de me retirer,
je suis marié; j'ai une femme charmante qui
m'attend. Eh bien, non; sans me rappeler que
les violons étaient encore derrière la porte,
sans respect, sans pudeur, j'ai accepté un rendez-vous; vraiment, je suis un misérable..... Je
ne puis chasser de mes yeux la séduisante image
de ces folles créatures..... et je partage néanmoins la couche de ma femme, d'un ange qui
m'a donné son cœur, son âme. Ah! c'est une
infamie! J'oublie les leçons de ma mère, et les
principes du père Radottin! Je résisterai.....
demain je ne sortirai pas.

Mais je ne puis m'arrêter à cette résolution..... j'ai promis à ces dames. Ma parole n'a-t-
elle plus aucune valeur?..... La simple politesse
m'ordonne d'aller à ce rendez-vous, et d'avouer
ce que je n'ai pas osé dire plus tôt. Voilà la
seule manière de me réhabiliter et de conserver
l'estime de moi-même.

C'est dit, mon parti est pris..... je puis dormir..... J'irai..... Je parlerai, je m'en sens le
courage.

La nuit se passa ; toutes les nuits se passent. Celle-ci parut un siècle !

Aussitôt le jour, Raoul se leva, se rasa, fit sa toilette avec un soin tout particulier, et dit assez froidement à sa femme :

— Je vais terminer l'affaire en question, qu'on ne m'attende pas.

Julie ne fit aucune objection, mais n'en pensa pas moins qu'il se passait quelque chose de singulier.

Raoul, très-préoccupé, descendit l'escalier en fredonnant.

Aussitôt arrivé dans la rue, il tira de sa poche le compromettant papier, et s'apprêtait à le lire pour connaître enfin l'adresse de la jolie blonde, lorsqu'un pauvre, dont l'humilité et le collet gras rappelaient à s'y méprendre le père Radottin, lui barra le passage en lui disant :

— Mon cher Monsieur, ayez pitié de moi.

Rappelé à son devoir par cette providentielle apparition, Raoul prit vingt francs dans sa bourse et les mit dans la main du mendiant. Croyant alors n'être pas entendu, il marmotta d'une voix sourde :

— Cet homme est ma providence.

— Si j'étais la providence de quelqu'un, pensa le solliciteur, je tâcherais d'être un peu la mienne. Le pain ne manquerait pas à la maison.

A peine Raoul eut-il remis son aumône qu'il rendit grâce à Dieu.

— Je courais à ma perte, balbutia-t-il. Tout en me promettant de combattre, d'être fort, je ne me croyais pas certain de vaincre.

Peu m'importe que ces créatures me blâment, je ne les reverrai jamais. Risquer pour elles de troubler notre douce quiétude, ce serait plus que de la folie!

Comment! je tiens ce papier, et j'hésite à l'anéantir! C'est incroyable! Que serait-ce donc si je me trouvais en face de ces femmes? Ah! je le sens, je succomberais!! Allons, c'est dit!

Joignant l'action aux paroles, Raoul déchira fébrilement l'adresse de l'amie de mademoiselle Célestine.

Le fidèle époux, fier de sa victoire, retourna auprès de sa femme, et lui dit simplement :

— Je voulais entreprendre une grande affaire, mais j'y renonce; elle me nécessiterait de fréquentes absences, et je préfère rester près de toi.

Julie, pleine de candeur et de confiance, n'en demanda pas davantage, et se contenta de rendre au centuple les baisers de l'enfant prodigue.

Le vieux mendiant semblait cloué au sol; il ne comprenait rien à ce qui venait de se passer. Enfin, après de longs combats, ses scrupules de conscience prenant le dessus, il résolut de s'informer si le monsieur qui venait de se montrer si généreux n'était pas un échappé de Charenton.

Le brave homme entra donc chez le concierge et lui conta son affaire.

— C'est assurément vous qui êtes fou, lui répondit le fonctionnaire. Mon locataire est généreux; mais ce que vous dites est impossible, il n'est pas assez simple pour donner son or au premier venu. Passez votre chemin, je n'ai pas le temps d'écouter vos balivernes. Vous êtes un imbécile!

Le mendiant se fâcha, éleva la voix, et traita le concierge d'insolent; ce dernier, furieux, le poussa hors de sa loge.

En entendant la bousculade, monsieur, madame Chevalier et plusieurs employés sortirent du magasin.

Il y eut une explication assez embrouillée à la suite de laquelle Raoul reconduisit le pauvre diable, en le forçant d'accepter en plus une pièce de cinq francs.

Le concierge arrivait à partager l'avis du mendiant. A ses yeux, monsieur Chevalier perdait la tête.

— Je vais, dit-il à sa femme, avertir le propriétaire.

— Tu ferais bien mieux, répondit celle-ci, de guetter ton locataire, et de te trouver sur son passage lorsqu'il est dans ses générosités.

— C'est vrai, reprit le digne époux, mais ce n'est pas facile.

En effet, il eut beau faire, il n'obtint rien. Ce qui, tout en le mécontentant, dut le rassurer sur l'état mental de celui qu'il accablait de tant de sollicitude.

Le déjeûner et le dîner se faisant en commun, monsieur Chevalier eut tout le temps de réfléchir aux conséquences de son aventure.

Que dire à Julie dont la position réclamait tant de ménagements?

Ce jour-là, l'heure de la fermeture du magasin sonna comme un glas funèbre. Alors, l'époux repentant dut affronter le périlleux tête-à-tête qu'il redoutait.

— Eh bien, ma chère Julie, dit-il en s'efforçant de sourire, tu ne me demandes pas pourquoi j'ai donné vingt francs à un bonhomme qui ne paraît pas me connaître?

— Non, mon ami, j'ai pensé que tu me le dirais, et comme tu n'as pas l'habitude de jeter ton argent par les fenêtres, je suppose que tu dois avoir de sérieuses raisons.

— C'est vrai, et je vais te les faire connaître, à la seule condition que tu ne me condamneras pas sans m'entendre. Je fais appel à ton cœur.

Après avoir préparé le terrain en se montrant plus affectueux que jamais, Raoul raconta à sa femme l'histoire de la veille, ses angoisses de la nuit et tout ce qui s'était passé le matin.

Julie, avec une impassibilité au moins apparente, écouta ce récit; pas une interruption, pas un reproche ne s'échappèrent de ses lèvres;

mais après un long silence — dans de pareils instants les minutes sont des heures — la jeune femme s'élança dans les bras de son mari en s'écriant :

— Merci, mon ami, ton meilleur avocat c'est ta franchise. Je te pardonne avec d'autant plus de raison que j'ai besoin de ton indulgence; car moi aussi je suis coupable!

A cet aveu, Raoul, troublé, ne put retenir une exclamation :

— Mon Dieu, mon Dieu, que dis-tu? toi coupable, c'est impossible!

— C'est cependant vrai, répliqua Julie, fort émue; une femme est coupable lorsqu'elle ne met pas à profit ses séductions et ses charmes pour retenir son mari près d'elle, et s'en faire aimer. Elle est coupable lorsque la joie et l'espérance d'être mère lui font oublier ses devoirs d'épouse. Oui, Raoul, je me suis absorbée dans des rêves; j'ai saisi les plus légers prétextes pour me dispenser de t'accompagner dans tes promenades; j'ai résisté à tes pressantes sollicitations, et je t'ai poussé volontairement vers le gouffre; seul, je t'ai laissé répondre aux exigences du monde. J'ai négligé, par insouciance, les mille petits riens qui vous charment, vous autres.

Je comprends trop tard que mes baisers avaient perdu leur parfum !

Mais non, il est temps encore, n'est-ce pas, puisque tu reviens de toi-même ? Tu as lutté, tu as vaincu, Dieu soit loué ! c'est à toi, Raoul, de tendre la main à ta Julie, et d'oublier ses faiblesses. A l'avenir, elle te promet d'être forte, et ce n'est pas une vaine promesse, puisqu'elle peut compter sur tes conseils et sur ton cœur.

— L'indulgence est l'apanage de la vertu, et je ne te dissimule pas, reprit Raoul, que j'espérais mon pardon ; seulement, il ne m'avait pas été permis de deviner que tu serais assez généreuse pour t'accuser, afin d'atténuer ma faute ; tu es le rayon de soleil qui dissipe les nuages. Merci, cent fois merci !

Ce jour-là, Raoul ne s'absenta qu'un moment, et en embrassant sa femme, ainsi qu'il ne manquait jamais de le faire, il lui dit à l'oreille :

— Dis-donc, mignonne, ne pousse pas les choses jusqu'à demander pour moi le prix Monthyon ; tu sais, je n'accepterais pas.

La réponse à cette plaisanterie ne s'entendit

pas; de bien tendres baisers l'étouffèrent sur les lèvres de la jeune femme.

Ainsi passent les orages!

A sa grande satisfaction, Raoul avait vu, chaque année, augmenter ses appointements, et comme il rendait des services réels, monsieur Charles Filodel lui annonça qu'à dater de ce jour il aurait un intérêt sur les affaires.

Cet avancement était un pas énorme, la grande majorité des employés devant se contenter d'appointements fixes qui permettent de vivre, mais dont le chiffre n'offre aucune ressource d'avenir. Terrible lacune que nos législateurs devront remplir un jour, avec l'aide des patrons et dans l'intérêt de tous. Les caisses d'épargne, de secours, de retraite, sont les premiers jalons posés par la prévoyance humaine, et indiquent la route à suivre.

Ces jalons-là, il faut les centupler!

Désormais, Raoul pouvait croire qu'il atteindrait facilement le but envié : le repos et l'aisance.

Le ménage Chevalier avait enfin une petite fille. Louise ressemblait à sa mère sous plus d'un rapport. C'était la joie de la maison. Papa

et maman la considéraient comme un prodige.

Il est si naturel d'admirer ses bébés !

Raoul, au milieu de ses félicités, se disait
souvent :

— Le bonheur complet n'est pas de ce
monde, rien ne nous manque, cela m'effraye ;
nos santés sont florissantes, ma femme est toujours la même, et Louise est un ange !

Que va-t-il arriver?

Il est à croire qu'un certain trouble de l'esprit et du cœur annonce les grands événements.

Une nuit, Louise tomba malade; la chère
enfant souffrit seulement quelques jours, et
succomba malgré les soins qu'on lui prodigua.

Il est impossible de dépeindre la douleur
des parents; Julie était folle, et Raoul se cachait pour pleurer.

Le chagrin du pauvre père était d'autant
plus grand que le médecin lui avait dit :

— Il est à souhaiter que votre femme n'ait
pas d'autres enfants; je ne pourrais répondre
d'elle.

Rien n'est éternel, pas même la douleur;

Dieu ne l'a pas permis, notre nature eût été trop faible pour la supporter. Les larmes se tarissent, et si le souvenir ne s'efface pas, il devient intermittent.

Le mouvement des affaires étant un puissant auxiliaire, Raoul travaillait avec passion, et s'efforçait de faire partager ses labeurs à sa femme, que rien ne pouvait distraire.

A bout d'expédients, il s'avisa de ramener à la maison une jolie petite fille de deux ans qu'il avait trouvée abandonnée sur la voie publique. On prétendit que, pour apitoyer Julie, il s'était plu à défraîchir la robe de ce bébé.

Madame Raoul reçut l'enfant et en prit grand soin, ce qui ne l'empêcha pas de faire activement rechercher les parents; ses démarches furent couronnées de succès. L'isolement recommença au grand chagrin de Raoul. La plaie non cicatrisée n'en devint que plus vive. L'époux comprit enfin que les diversions de cette nature étaient de folles entreprises.

L'amour maternel ne se transfère pas!!

Julie, triste, pensive, changeait à vue d'œil; cette charmante fleur perdait son incarnat. Les caresses de Raoul ne parvenaient pas à dissiper ses continuelles rêveries. Elle ne vivait plus que de souvenirs. Sa Louise, ce gage si doux d'un amour sincère et légitime, absorbait toutes ses pensées.

Raoul suppliait ses parents, ses amis de l'aider à consoler Julie.

Tout le monde s'empressait de répondre à cet appel; Blanche seule restait impassible. Raoul l'invoquait en vain.

— Comment, ma bonne cousine, lui dit-il un jour, toi qui m'as donné tant de preuves d'amitié, tu me refuses ton concours..... Tu ne réponds pas..... ton silence me glace..... As-tu donc quelques graves reproches à faire à ma pauvre Julie?

— Assurément non. Je la connais à peine; que veux-tu, les sympathies ne se commandent pas. Elle est ta compagne et non la mienne..... Tu l'as choisie.....

— En effet, j'ai choisi Julie, et j'ai trouvé en elle une femme digne de toute mon affection; mais tu ne dois pas ignorer que, dans cette circonstance, la raison fut mon guide, le devoir m'ordonnait de réprimer mes élans. Mieux que personne, tu dois comprendre.....

— Assez, assez, s'écria la jeune fille, il ne m'appartient pas de connaître tes secrets. Tu es heureux, cela me suffit.

— Si j'en crois mes pressentiments, répliqua vivement Raoul, tu deviendras un jour, ma chère Blanche, la meilleure amie de ta cousine. Tu reconnaîtras son mérite et jamais nous ne te dirons : Il est trop tard.....

Les visites à Passy se ralentirent et cessèrent tout à coup, l'oncle Chevalier étant parti avec ses enfants pour parcourir la Suisse et l'Italie.

Sur l'avis du docteur, que Blanche avait rallié à sa cause, l'excellent père s'était mis en route. Disons qu'il pensait peut-être avec raison que ce déplacement serait favorable au rétablissement de sa santé, très-ébranlée par l'âge et les infirmités.

Les affaires de la maison Filodel et Cie prospéraient, et cette prospérité dont Raoul profitait naturellement était pleine d'amertume. La perte de son enfant, le départ de son oncle, l'indifférence de sa cousine et la douleur de sa femme troublaient ses esprits. Que faire du bien-être matériel alors qu'on n'a pas la paix du cœur? Il travaillait pourtant parce que ses

intérêts n'étant pas seuls en cause, sa conscience lui défendait de s'arrêter.

Julie avait surpris la terrible confidence que
le médecin avait faite à Raoul. Elle savait, à
n'en pas douter, que la perte de Louise était
irréparable. Il fallait donc s'incliner et renoncer aux joies de la maternité.

Convaincre Julie qu'un enfant étranger pourrait remplacer le sien, étant une pensée folle,
l'ambition de Raoul se bornait à arracher sa
femme de l'isolement qui absorbait toutes ses
facultés.

— Ma chère Julie, lui dit-il un jour, rap-
prochons-nous du monde ; cherchons dans ses
turbulences, si ce n'est dans ses joies, l'oubli
de nos maux. Soulageons les misères d'autrui,
nous oublierons les nôtres.

Rappelons-nous l'énergie des beaux jours,
et supportons nos épreuves sans faiblesse, afin
d'en éviter de plus cruelles encore.

— Mon ami, reprit Julie, je surmonterai
mon chagrin, je m'en sens le courage ; je veux
vivre pour toi.

— Merci, répliqua Raoul ; hier encore je dé-
sespérais, aujourd'hui j'ai vingt ans de moins,

18

et puisque le calme renaît dans ton cœur, je vais essayer de te faire sourire en te racontant une singulière histoire qui te fera toucher du doigt le danger que tu viens d'éviter.

Elle date de longtemps; j'étais bien jeune alors.

Mon père recevait peu de monde, mais parmi les habitués de la maison, il y avait un rentier nommé Langlois; c'était un misanthrope qui s'isolait sans qu'on sût pourquoi. Etait-ce la jalousie qui lui faisait fuir le monde? Assurément non, sa femme était sage; l'avarice non plus ne le dominait pas; il donnait, et pour donner, il se cachait encore.

— Comme toi, ma chère Julie, ce malheureux avait probablement cherché l'oubli pour étouffer ses chagrins.

Sa femme suivait son impulsion.

Un jour, ils devinrent fous!

A force de se regarder le blanc des yeux, ils s'insurgèrent contre la société et arrivèrent à voir des ennemis partout. Ceux-ci cherchaient à entraver leurs projets; ceux-là écoutaient à leur porte, détournaient leurs domestiques ou les accusaient de délits et de crimes.

Mon père fut soupçonné d'avoir pénétré dans leurs secrets de famille.

Vous connaissez mes frères, mes sœurs, disait le père Langlois; pourquoi le cachez-vous? Je sais ce qu'ils vous ont dit. Vous me supposez indigne de vous tendre la main. Toutes les choses qu'on débite sur mon compte sont d'infâmes calomnies!

Mon père protestait en vain, et affirmait que non-seulement il estimait monsieur Langlois, mais qu'il ne connaissait aucun de ses alliés; rien ne pouvait détruire l'idée fixe de ce brave homme.

Ce récit, tout invraisemblable qu'il paraît être, se comprend pourtant. Enfermons-nous ici, entre ces murs, ma chère Julie; traitons le même sujet pendant des semaines, des mois, et je te garantis que nous deviendrons idiots. L'isolement, c'est la mort!

Mon père disait souvent : Si je ne connaissais pas depuis trente ans monsieur Langlois, je le croirais coupable et accablé de remords.

Enfin, après plusieurs mois de lutte, Raoul gagna son procès, et au grand étonnement de tous, on vit renaître la gracieuse Julie.

Un intrigant.

Les trois associés se plaisaient à reconnaître qu'ils devaient leur prospérité croissante au zèle et à l'intelligence de leur commis; aussi cherchaient-ils tous les moyens de lui prouver leur gratitude; Raoul s'en montrait reconnaissant. Il veillait à l'ensemble, suppléait à l'apathie de monsieur Armand et à la complète inaction de monsieur Pierre. Ce dernier marchait à la ruine; les résistances de son beau-père entravaient seules ses projets insensés. Un fâcheux dénoûment paraissait certain aux yeux des moins clairvoyants.

Tout le monde ne se montrait pas aussi généreux que Raoul. Les ambitieux s'agitaient dans l'ombre. Il est si bon de profiter du malheur d'autrui!

Deux fois, en l'absence de Raoul, un individu s'était présenté chez lui et avait été reçu par Madame, à laquelle il avait dit laconiquement :

— Monsieur n'étant pas là, je reviendrai, c'est à lui que je veux parler.

Enfin, un jour, cet agent d'affaires, car c'en était un, rencontra Raoul.

— Monsieur, lui dit-il, avant d'entrer en matière, j'ai besoin de compter sur votre absolue discrétion.

Après avoir reçu l'assurance qu'il demandait, il continua :

— Un de vos patrons, monsieur Pierre Filodel, se trouve dans une position difficile, vous ne devez certainement pas l'ignorer. Il doit notamment à bon nombre de mes clients des sommes importantes, et je ne vous dissimule pas que j'ai plein pouvoir pour le poursuivre. Il m'est également facultatif de lui accorder des délais ou de consentir à un arrangement.

Je suis maître de la position.

J'ai appris, Monsieur, que les deux frères de monsieur Pierre vous estiment particulièrement, et je suppose qu'ils ne seraient pas éloignés de vous proposer de devenir leur associé, dans le cas où leur frère serait contraint de se retirer. Un coup d'épaule suffirait pour lever toutes les difficultés, et j'offre de vous le faire donner par de puissants amis.

— Monsieur, répliqua Raoul, il faut que vous me connaissiez bien peu pour me tenir un pareil langage. Je suis entré chez messieurs Filodel du consentement des trois associés, et je vous déclare que je ne me prêterai à aucune combinaison pour nuire à l'un d'eux.

— Mais, reprit l'agent d'affaires, il ne s'agit pas de nuire ; vous avez des scrupules exagérés qui vous font honneur. Permettez-moi de vous faire remarquer que six mois plus tôt ou six mois plus tard, il faudra fatalement que monsieur Pierre se retire dans le Poitou où sont situées les propriétés du père de sa femme. Son train de maison ne lui permet pas de rester à Paris sans compromettre l'avenir de ses enfants. Si la chose a lieu dès à présent, je puis, comme j'ai eu l'honneur de vous le dire, faire agir des gens très-influents, et terminer sans nouveaux frais. Si, au contraire, je laisse couler l'eau, monsieur Pierre sera ruiné, et je vais vous apprendre ce qui vous menace directement ; cette perspective vous décidera sans doute à m'accorder votre confiance. Il arrivera que messieurs Blanchard, Frémont et Dulac proposeront, bien contre mon gré, pour remplacer monsieur Pierre, un jeune homme qu'ils ont l'intention de commanditer.

Ne croyez pas, monsieur Chevalier, que je prêche pour mon saint; dans tous les cas, mes intérêts sont sauvegardés. Votre concurrent, poussé par ces Messieurs, m'a fait des ouvertures; j'ai là des promesses écrites; seulement, avant d'agir, je me suis fait un cas de conscience. Vous êtes ancien dans la maison; votre probité, votre travail, vous ont acquis des titres indiscutables, et j'ai tenu à vous donner la préférence, pensant que vous sauriez reconnaître.....

— Assez, Monsieur, assez, répliqua énergiquement Raoul; il m'est impossible de vous entendre plus longtemps.

Je vous ai promis la discrétion, vous pouvez y compter, mais je vous refuse absolument mon concours.

Je ne crains pas, sachez-le, l'influence de monsieur Blanchard, et encore moins celle de monsieur Frémont; les antécédents de ces deux hommes ne peuvent inspirer aucune confiance.

Quant à monsieur Dulac, loin de le redouter, je compterais sur lui, le cas échéant; c'est un négociant très-estimé de son nombreux personnel, et je suis certain qu'il se gardera bien de favoriser un étranger, lorsqu'il apprendra qu'un employé, déjà intéressé dans la maison, peut lui être opposé.

Agissez donc, Monsieur, vous être libre; et dussé-je ne pas changer de position ou perdre celle acquise, dans l'hypothèse où nous aurions le chagrin de voir monsieur Pierre se retirer, je saurai me résigner, et je m'estimerai heureux de ne pas avoir usé de votre protection.

L'intrigant partit l'oreille basse, et ne revint jamais.

Quelques semaines après cet incident, monsieur Pierre se retira sans bruit, à la suite d'une liquidation honorable, et engagea ses frères à choisir monsieur Chevalier pour lui succéder. Cette proposition fut accueillie avec enthousiasme.

Le nouvel associé put enfin réaliser un de ses rêves en remplaçant par des femmes les commis de certains rayons. Il ne pouvait se faire à l'idée de voir des hommes pleins de virilité mesurer des rubans et compter des

épingles, alors que de vaillantes filles manquaient de travail et de pain.

Catastrophe.

Les discussions qui avaient eu lieu entre
Blanche et Raoul n'empêchaient pas ce dernier
de correspondre assez activement avec son
oncle, et toutes ses lettres étaient apostillées
par Julie; un mot gracieux à l'adresse de sa
cousine les terminait.

L'oncle Henry ne manquait jamais d'écrire à
son neveu, lorsqu'il changeait de résidence.
Les voyages, affirmait-il, lui faisaient beaucoup
de bien; mais ses dernières lettres étaient alar-
mantes; Blanche, très-fantasque et très-aven-
tureuse, venait de faire une horrible chute.
Un des chevaux, qu'elle domptait ordinairement avec facilité, l'avait précipitée dans un
ravin profond, en dépit des efforts surhumains
du domestique qui l'accompagnait.

Une congestion était probable.

Les médecins manifestaient de sérieuses inquiétudes, et les médications les plus éner-
giques paraissaient impuissantes.

Le départ de monsieur Pierre Filodel, et l'admission de Raoul comme associé, ayant nécessité un sérieux inventaire, il devenait impossible de penser à se mettre en route; on dut attendre.

Raoul et Julie étaient fort inquiets, lorsqu'un matin ils reçurent une lettre d'Italie, et éprouvèrent un tressaillement en reconnaissant l'écriture de Blanche. Elle écrivait elle-même, donc elle allait mieux; cela prouvait en outre qu'elle devenait moins indifférente; néanmoins, c'était à qui ne briserait pas le cachet.

La crainte se mêlait à l'espérance.

L'écriture de Blanche était indécise; quoi de plus naturel, c'était l'œuvre d'une convalescente !

Enfin, Julie s'arma de courage, mais dès les premiers mots, elle fondit en larmes. Raoul, effrayé, s'empara de la lettre et lut ce qui suit :

« Mes bons amis,

« Pardonnez à votre malheureuse cousine,
« dont le plus grand chagrin est de mourir

« sans vous embrasser ; ma main tremble, ma
« vue s'obscurcit, mais Dieu me permet encore
« de vous confesser mes faiblesses.

« J'étais jalouse de votre bonheur !

« Aimez-vous, il n'y a que cela de vrai..... le
« reste est vanité !

« Adieu Raoul, adieu Julie.

« Priez pour moi !

                              « A vous !

                                        « BLANCHE. »

Après avoir lu vingt fois cette lettre, Julie
s'empara de la main de son mari et le conjura
de partir pour Florence.

— Non, mon amie, répondit-il ; malgré le
désir que j'ai de voir Blanche, je ne puis consentir à te laisser seule.

— Eh bien, mon bon Raoul, répliqua Julie,
partons ensemble.

Avant de pouvoir suivre cet élan, il fallait
attendre trente-six heures, et d'ici là, une
nouvelle lettre pouvait arriver.

En effet, le lendemain, au moment où les
jeunes époux préparaient leurs malles, cette
prévision se réalisa. Hélas ! ce n'était plus

Blanche qui écrivait, c'était un père affolé! Ma fille, disait-il, vient de mourir dans mes bras; sa dernière pensée a été pour Julie, qu'elle regrette d'avoir méconnue.

Ce nouveau chagrin causa pendant plusieurs semaines une véritable prostration; la vie paraissait arrêtée, les réunions de famille étaient rares et silencieuses.

Il fallut un long temps pour retrouver l'équilibre.

Le système nerveux de Raoul était très-surexcité, et alors, au lieu de supporter avec patience les petits ennuis de la vie, le moindre coup d'épingle l'exaspérait, ainsi que nous allons le voir.

Depuis plusieurs années, Raoul était de la garde nationale; il avait vainement cherché à s'en dispenser, non qu'il fût un mauvais citoyen, mais parce que lui, ancien soldat, croyait que cette institution ne pouvait être prise au sérieux avec des chefs sans autorité et des soldats indisciplinés. Aussi, pour s'affranchir d'un joug qui ne pesait véritablement que sur le petit nombre, c'est-à-dire sur les hommes consciencieux, l'ancien fourrier avait-il sollicité le grade d'adjudant-sous-officier, grade fort insignifiant dans ce corps.

L'adjudant-major, ancien capitaine retraité, recevant un traitement spécial, faisait face à toutes les exigences et ne dérangeait que rarement son subordonné; c'était d'ailleurs un homme très-bienveillant, qui déplorait la mauvaise organisation de la milice citoyenne. Si le gouvernement, disait-il, était assez sage et assez fort pour réglementer, discipliner et instruire la garde nationale, la France serait invincible, tout en diminuant l'effectif de son armée et le chiffre de ses budgets.

Un jour, on pria Raoul d'assister à un banquet; c'était dans un moment d'effervescence. Il crut devoir s'y rendre.

La majorité des convives but beaucoup, les têtes s'échauffèrent, et au moment de quitter la table et de régler les comptes, un garde aviné posa cette insidieuse question :

— Messieurs, il a été convenu que les officiers paieraient 3 francs et les sous-officiers et simples gardes 1 fr. 50. Dans quelle catégorie allons-nous placer l'adjudant Chevalier, car c'est un porteur d'épaulette?

— La question n'est pas sérieuse, répondit un caporal qui paraissait avoir servi et être un homme de bon sens. Monsieur Chevalier est sous-officier, son titre le dit formellement.

Il y eut alors des discussions insensées, les orateurs oubliant leur unique compétence, qui consistait à verser des canons ou à débiter des épices.

Raoul se contint avec peine, tout en se disant :

— Si j'affirme à ces Messieurs que je ne suis que sous-officier, les pochards me traiteront de ladre, d'avare; et d'un autre côté, si pour en finir j'offre 3 francs, les gens sensés me croiront orgueilleux.

Que faire?

Enfin, cédant à un mouvement d'impatience bien naturelle, suscité par toutes les absurdités qu'on débitait devant lui, il prit la parole, et s'adressant aux convives, il s'écria :

— Comment vous, Messieurs, des citoyens armés pour le maintien de l'ordre, des hommes sur lesquels le pays doit compter à l'heure du danger, vous perdez votre temps à soulever de pareilles questions; vous vous adressez des injures, vous déconsidérez un corps qui devrait marcher de pair avec notre brave armée!

Respectez-vous, Messieurs; n'oubliez pas que vos pères, vos devanciers, ont combattu sous les murs de Paris; cherchez à vous rendre dignes de les imiter, et n'attirez pas sur vous le mépris des gens de cœur, et la risée de l'étranger.

Tenez, voici 5 francs, prenez ce qu'il vous plaira et donnez le reste au tambour.

En prononçant ces derniers mots, Raoul sortit de la salle.

Le silence se fit, et la raison prenant le dessus, on préleva seulement 1 fr. 50. Le *tapin* empocha la différence, ce qui parut lui être fort agréable.

Pendant cet orage, plusieurs officiers ayant été insultés, le conseil de discipline, à sa première séance, fut chargé de sévir contre les délinquants; mais dans sa déplorable indulgence, il leur infligea la réprimande avec mise à l'ordre! au lieu des cinq ans de fers inscrits dans le code militaire pour les fautes de cette nature.

A cette séance mémorable, Raoul entendit

un bonnetier répondre au président qui lui demandait :

— Pourquoi avez-vous manqué la garde du 15, pour laquelle vous étiez commandé ?

— Il faisait si mauvais temps, mon président, que ma femme n'a pas voulu me laisser sortir.

Un fruitier s'excusait du même manquement en disant :

— Voilà l'affaire : nous sommes entrés chez le marchand de vins; nous étions tous de la 6ᵐᵉ, mon commandant, alors nous avons parlé des élections, et tout naturellement, on a oublié l'heure, vu que, sauf votre respect, nous étions tant soit peu *émus*.

Bref, deux autres gardes étaient accusés : l'un d'être parti du poste à dix heures du soir, au moment de prendre sa faction, et l'autre d'avoir laissé entrer une patrouille dans le corps-de-garde sans crier : Qui-vive !

Le premier avouait que sa femme étant assez jalouse, il avait profité de sa nuit pour s'amuser un brin.

Quant au second, il s'excusait en disant naïvement : Dame, c'étaient des voisins et des pratiques, j'ai pas trouvé utile d'appeler le caporal.

Ces divers accusés furent impitoyablement condamnés à 48 heures *d'haricots*.

Il paraît que la nourriture ordinaire de l'affreux cachot, dans lequel *nos tyrans* plongeaient alors les délinquants, se composait de ce légume soissonnais.

L'hôtel des haricots est légendaire !

Tout ce que nous venons de dire prouve qu'il était indispensable, ce qu'on a malheureusement compris trop tard, d'organiser nos réserves d'une manière plus sérieuse.

Le retard apporté à l'accomplissement de réformes si nécessaires est d'autant plus regrettable que la garde nationale possédait de précieux éléments, ainsi qu'elle l'a prouvé en 1814, 1832, 1836, en juin 1848, et plus tard, à Champigny, à Buzenval, à Montretout, au Bourget, et partout où elle s'est trouvée.

Certaines légions marchaient comme de vieilles troupes; en les prenant pour types, on devait arriver à détruire les abus et à régulariser le service. Il suffisait, pour atteindre ce but, de choisir les hommes, de les instruire, et

19

de changer le mode d'élection en ne laissant
arriver au galon et à l'épaulette que des citoyens honorables, et non des piliers de cabaret.

Laduré revient à l'horizon.

Les parents de Raoul et de Julie n'eurent
pas la satisfaction de voir leurs enfants atteindre l'apogée de leur prospérité; les lois na-
turelles et fatales ne le permirent pas. Ces
pertes cruelles vinrent tour à tour troubler la
quiétude de la longue période pendant laquelle
Raoul appartint à la maison Filodel, en qualité
d'associé.

Sans héritiers directs, et simple dans ses
goûts, Raoul Chevalier eut la sagesse de quitter les affaires avant le moment où les infirmités le commandent.

Le mari et la femme désirant jouir, pendant
quelques années, du bien-être, louèrent un appartement modeste et confortable, et s'entourèrent d'amis dévoués. Pendant la belle saison,
ces heureux époux allaient visiter les sites
merveilleux des environs de Paris, et nos principaux ports de mer.

Un dimanche, par un beau soleil, Raoul et sa femme se promenaient aux Champs-Elysées lorsqu'ils virent une petite fille de quatre à cinq ans se diriger vers eux en leur tendant les bras; Julie embrassa cette enfant avec une certaine émotion, elle lui rappelait sa Louise.

— Ma petite, lui dit-elle, tu n'es pas seule? où est ta maman?

— Là-bas, Madame, avec papa et grande sœur.

Raoul regarda et ne vit personne; alors, continuant l'interrogatoire, il dit à la petite fille :

— Comment t'appelles-tu?

— Je m'appelle comme papa, Félicie Laduré.

A ce nom si connu, Raoul se retourna une seconde fois, et aperçut aussitôt son ancien tambour qui venait au-devant lui.

— Mon fourrier, dit Laduré, je vous voyais de loin, et je vous ai envoyé mon petit ambassadeur. Allez, nous vous connaissons tous; tenez, voici ma femme et ma grande Rosalie; tout ça travaille, et nous *boulottons* tant bien que mal. J'ai repris mon état de menuisier.

Et vous, mon fourrier, êtes-vous content?

— Oui, mon cher Laduré, je suis aussi heureux qu'on peut l'être, et si nous n'avions pas eu la douleur de perdre une enfant que nous adorions..... mais laissons-là ces pénibles souvenirs. Il faut que je vous présente à ma femme. En ce moment, elle est fort occupée; il paraît qu'elle fait bon ménage avec votre petite fille.

— C'est tout simple, je lui ai appris votre nom, et comme voilà deux ans que la petite le répète matin et soir dans ses prières, elle vous connaît et vous aime! Hier encore, elle me disait :

— Père, quand donc je verrai mon bon ami Raoul?

— C'est ainsi qu'elle vous appelle. Excusez-moi, mon fourrier; hier je n'ai pu répondre à mon bébé, mais aujourd'hui..... c'est bien différent. J'avais comme une idée que nous nous reverrions un jour, à preuve qu'en vous serrant la main au moment de mon départ, je vous ai dit : Au revoir! Je n'aurais jamais pu vous dire : Adieu, c'est trop triste!

— Merci, mon bon Laduré, vous êtes un cœur dévoué. Si vous n'avez pas la fortune, vous possédez une famille ; c'est une large compensation ; vos vieux jours sont au moins à l'abri de l'isolement, de l'abandon ; vos enfants seront vos derniers amis.

Les deux ménages se quittèrent enchantés l'un de l'autre, et se promirent d'échanger de fréquentes visites.

Quelque temps après cette rencontre, madame Chevalier s'attachait tout spécialement mademoiselle Rosalie, dont elle avait apprécié les solides qualités.

Cette jeune fille ne perdait pas un instant ; de son propre mouvement, elle aidait la bonne dès qu'elle la voyait surchargée de besogne, et en temps ordinaire, elle entretenait le linge de la maison.

Monsieur Chevalier complétait l'instruction de Rosalie en lui donnant des leçons d'histoire, de géographie, de calcul et de français, que Julie se plaisait à faire répéter.

Les deux femmes ne se quittaient plus.

Dans cette intimité, les mois se passaient rapidement.

Les jours heureux ne sont que des heures !

Le Siége.

Au mois de juillet 1870, Napoléon III déclara follement la guerre à l'Allemagne, et à cette occasion, Joseph qui avait quitté Troyes avec sa famille, et s'était réfugié à Bordeaux, écrivit à Raoul en l'engageant à venir le rejoindre, les communications pouvant être coupées d'un moment à l'autre.

— Viens, viens, lui disait cet excellent frère, tu n'es plus d'âge à supporter les fatigues et les privations d'un siége probable. N'as-tu pas payé largement ta dette au pays? et puis, d'ailleurs, il ne t'appartient pas d'exposer ta femme. Quel reproche aurais-tu à te faire, si elle venait à succomber?

Raoul, plein de reconnaissance, remerciait son frère et soutenait d'incessants combats; Julie le suppliait de céder.

— Mon amie, lui répondait-il, je ne puis me rendre aux instances de Joseph, ni aux tiennes. C'est à Paris que je suis né, c'est à Paris que nous avons acquis le bien-être, et je ne dois pas le quitter à l'heure du danger.

Je le demande à ton cœur de fille, à ton cœur de mère, est-il possible d'abandonner la terre bénie où reposent nos vieux parents et notre Louise? Dois-je, sans combattre, laisser fouler leurs cendres?

Qu'irais-je faire là-bas? M'annihiler, fuir devant l'étranger, moi, soldat, car je le suis encore, je ne puis cesser de l'être!

Si je ne vais pas aux frontières, qu'il me soit au moins permis de défendre nos remparts.

Que risquerai-je? ma bonne Julie, mon rôle ne sera-t-il pas assez effacé? je combattrai derrière des talus, alors que d'autres marcheront la poitrine découverte.

Va, mon amie, va rejoindre les miens, mais ne me force pas à mourir de honte. Si je quittais Paris, je n'oserais plus y rentrer. Pour te revoir, je te promets de me tenir à l'abri, de profiter du moindre pli de terrain. Je saurai modérer mes élans, et chacun de mes coups abattra, je te le jure, un des ennemis de la France.

Paris m'a tout donné, laisse-moi lui payer ma dette, je t'en supplie!

Te souvient-il qu'après 1848, tu disais à ta famille :

— Je suis fière de mon Raoul; il a fait son devoir; il a sauvé un capitaine que de malheureux égarés voulaient fusiller.

— Dois-je renier mon passé?

— Non, mon ami, répondit Julie, je te comprends. Paris est ta patrie.

Réponds à ton frère, dis-lui sans hésiter :

« Je reste ici, le devoir l'ordonne!

« Julie ne me quittera pas. C'est elle, le jour
« de l'assaut, qui chargera mes armes; c'est
« elle qui pansera mes blessures.

« Dis à Joseph que nous n'oublierons jamais
« ses généreuses propositions! Dis-lui de prier
« pour la France, et Dieu nous permettra de
« sortir du cercle de fer et de feu qui va nous
« étreindre. »

La ville de Paris se levait comme un seul homme, et cet homme était un héros!

Paris était grand dans sa détresse! ses virils habitants voulaient vaincre ou mourir!

L'ennemi, étonné de ses succès et craignant les élans de la furia française, tremblait devant les bastions de la grande cité; mais dans cette

cité même, il ne se trouva pas un homme, nouveau Charles XII, assez téméraire, assez fou,
peut-être, pour lancer à la fois contre l'enva-
hisseur les suprêmes réserves de la Patrie!

Dieu ne le voulut pas. La France avait assez
souffert!

A cette époque néfaste, Paris était le Paris
des gens de cœur.

Les peureux avaient fui! Et les vides étaient
comblés par l'ardente jeunesse accourue de
toutes nos provinces pour défendre le foyer
de la civilisation.

Des héros mobilisés, presque des enfants,
s'étaient arrachés des bras de leurs mères, et
quittaient pour la première fois le clocher du
village, ce drapeau des familles! Ils s'avan-
çaient, le sourire aux lèvres, pour arroser de
leur sang généreux les remparts de la capitale.

Chaque matin, dans de ferventes prières, on
entendait ces jeunes hommes mêler le nom de
leurs fiancées à celui de la patrie! Et transis de
froid, couverts de neige, ils apprenaient le métier des armes tout en pensant aux sillons, aux
semailles que foulait un ennemi sans pitié!

Quel est celui qui, en ce temps-là, a par-

couru la grande ville et ses faubourgs sans
pousser un cri d'admiration?

A toute heure de la nuit l'ordre régnait, la
sécurité était complète.

Paris n'était plus un centre bruyant, le canon
seul en troublait les échos. Pas de lumière, pas
de bancs pour se reposer, plus de chevaux, de
voitures, des arbres coupés au ras du sol et des
boutiques fermées.

En apparence, c'était l'image de la mort; en
réalité, c'était celle d'un grand peuple qui se
recueillait et se préparait au combat.

Raoul fut un des premiers aux remparts, et
sut se résigner, ainsi que sa femme, à supporter toutes les privations.

La population de Paris paraissait vivre d'illusions. Chacun avait confiance; on espérait !

En pareil cas, lorsqu'on a l'honneur d'être
Français, le doute serait un crime.

La France ne peut périr! Elle renaîtrait de
ses cendres !

Raoul étudiait avec curiosité ce qui se passait dans les foules, et cent fois il fut témoin
d'élans sublimes.

Le peuple se montrait grand dans sa détresse !

Ici, c'était un vieillard tombant épuisé à la porte d'un boulanger, et porté par d'autres vieillards chez le fournisseur qui s'empressait de le servir, tandis que les officieux porteurs retournaient modestement à leurs places primitives.

Plus loin, des bourgeois ou des ouvriers aisés glissaient une pièce de monnaie dans la main de ceux qu'ils soupçonnaient nécessiteux.

On eût affirmé, en constatant la discrétion que ces braves gens apportaient à faire cette aumône, qu'ils venaient d'accomplir un acte répréhensible.

Les sublimités et les souffrances de ce temps-là doivent faire pardonner bien des choses.

Que de malheureux entraînés, victimes du découragement, de la misère et de la faim !

La parole est à l'histoire !

Avouons qu'on ne trouvait aucune résignation chez les animaux.

Les oiseaux s'agitaient dans leurs cages,

lorsqu'ils manquaient de grenailles. Ces ri-
chards des jours heureux ne comprenaient pas
les privations que le blocus tentait de leur imposer. Alors, l'humble ouvrière ou la riche
bourgeoise, déplorant le sort de ces petits
êtres, leur rendait la liberté; mais la liberté, ce
bien suprême, devient un fléau pour ceux qui
ne savent pas s'en servir.

La liberté sans frein présente tous les dangers. Les petits oiseaux, ivres de joie, repre-
naient possession du royaume sans limite qui
leur appartient, et cherchant un peu partout
leur pâture, allaient tomber sous la griffe d'un
chat affamé.

Le chien, cet animal fidèle et intelligent, paraissait absorbé dans de profondes réflexions.

— Comment, pensait-il, nous le croyons du
moins, mon maître ordinairement me comble
de caresses, m'accable de soins et d'attentions,
et aujourd'hui, par un revirement que je ne
puis comprendre, il m'attache avec une chaîne
de fer, me garde à vue et me nourrit parcimo-
nieusement.

Qu'arrive-t-il donc? Aurait-il perdu son travail, sa fortune? Pour l'aider à vivre, car il

fait maigre chère, je consentirais volontiers à traîner une voiture, à tourner une roue, à tout enfin.

Quant aux chevaux, ces nobles compagnons de nos travaux et de nos gloires, ils allaient tour à tour tomber sous le plomb de l'ennemi ou sous le couteau de l'équarrisseur, et mouraient sans se douter qu'ils accomplissaient un grand devoir.

Tous les animaux payaient leur tribut à l'alimentation publique.

Le pigeon seul, volontairement oublié dans ce massacre des innocents, roucoulait près de sa compagne.

Un noble rôle lui était réservé !

D'audacieux aéronautes allaient soudain l'arracher à ses affections, à ses extases, et le transporter aux confins de la France. Une longue expérience avait appris aux observateurs, que ce fidèle époux n'hésiterait pas à franchir l'espace pour revoir l'objet de ses amours, et qu'il rapporterait exactement à son point de départ les secrets que la science des *Dagron* (1) parviendrait à placer sous ses mignonnes ailes.

D'un vol rapide, le messager traversa les

(1) Célèbre photographe.

camps ennemis, brava les canons et nargua les vainqueurs!

Le retour du charmant voyageur allait sécher bien des larmes, et répandre dans le cœur de tous autant de joie que peut en concevoir un peuple qui croit encore à la délivrance!

Dis-moi, petit pigeon, qu'étaient auprès de toi les oies du Capitole?

Hélas! la guerre se termina par une paix désastreuse à laquelle on dut se résigner. Après cette guerre, poursuivie avec acharnement par de cruels et barbares ennemis, une épouvantable révolution éclata : la Commune fut proclamée.

Deux fois, les insurgés vinrent chez Raoul avec l'intention de lui imposer un commandement dans leurs bandes impies; mais ce bon citoyen, ne voulant à aucun prix lutter contre ses anciens frères d'armes, préféra s'exiler. Ne croyant pas prudent d'emporter sa petite fortune, composée de rentes sur l'Etat et d'obligations de chemin de fer, le tout imprudemment au porteur, il se décida à l'enfouir sous le carrelage du fourneau de sa cuisine, et ne conserva que quelques mille francs.

La fuite et l'hospitalité sainte.

En quittant Paris, monsieur et madame Raoul Chevalier, accompagnés de Rosalie, se rendirent chez un ancien camarade qui habitait Etampes; mais l'humiliante hospitalité qu'ils y reçurent leur causa un si profond dégoût qu'ils se décidèrent à partir, espérant trouver moins d'amertume dans les tourments de l'exil.

Ils errèrent longtemps avant de pouvoir se procurer un gîte, et parvinrent enfin à s'installer chez de braves gens qui eurent pour eux les plus grands égards.

Aussitôt l'armée rentrée dans la capitale, les fugitifs s'empressèrent de se rapprocher. Ils marchaient à petites journées en interrogeant les échos pour savoir si leur maison était encore debout. Enfin, en pénétrant dans la rue qu'ils habitaient, ils virent avec effroi que leur ruine était complète; le foyer de la famille n'existait plus! Les voisins affirmaient que, malgré leur bonne volonté, ils n'avaient pu rien sauver! L'incendie s'était déclaré sur plusieurs points à la fois.

Raoul, désolé, cherchait à consoler sa chère Julie.

Ne te tourmente pas, je suis comptable, je travaillerai.

Comme ressource suprême, on pouvait s'adresser au frère Joseph, dont on connaissait le cœur, mais le devait-on? Cet excellent garçon habitait la province depuis 1830, et avait trois enfants. Or, chacun sait que cette fortune-là fait naître des impossibilités.

Quant à Philidor, il était en Amérique.

Raoul parcourut sans résultat la rue dans laquelle demeurait Laduré. Personne ne savait ce qu'il était devenu. On pensait qu'il avait été passé par les armes avec plusieurs locataires de sa maison qu'on avait vus combattre.

Rosalie pleurait sa famille, et Raoul regrettait sincèrement le pauvre tambour qu'il considérait comme un bon citoyen, incapable d'avoir pris part à l'insurrection.

Que faire? que devenir? Raoul cachait ses inquiétudes. Ses anciens associés, messieurs Filodel, n'habitaient plus Paris; il ne pouvait se recommander de personne.

Julie et Rosalie dévoraient leurs larmes.

Chacun dissimulait!

Enfin, épuisé par le chagrin, et ne possédant plus que quelques centaines de francs, Raoul accepta un très-modeste emploi dans un roulage. Chaque fois qu'il s'était présenté chez un commerçant quelconque, on lui avait répondu :

— Nous croyons à votre bonne volonté, Monsieur, mais nous préférons les jeunes gens.

Les patrons, mieux élevés, avaient dit tout simplement :

— Vous arrivez trop tard, nous le regrettons, la place est prise.

Rosalie se mit à travailler pour une confectionneuse. A la besogne, dès cinq heures du matin, elle se gardait bien de réveiller madame Chevalier; mais lorsque cette dernière ouvrait les yeux, elle grondait amicalement sa jeune amie.

— Comment, lui disait-elle, vous me laissez dormir; c'est bien le moins cependant que je vous aide, vous êtes une laide. Allons, venez m'embrasser, et promettez-moi d'être plus raisonnable, sans ça je ne vous aimerai plus, et je me fâcherai tout rouge.

Le lendemain, c'était la même chose; la chère enfant était incorrigible.

Disons que, dans leur détresse, Raoul et Julie en étaient arrivés à remercier Dieu d'avoir rappelé à lui leur petite Louise.

Une pareille pensée n'est-elle pas l'apogée du désespoir!

Raoul s'était présenté chez le commissaire de police de son quartier pour lui exposer sa position. Ce magistrat avait aussitôt dirigé des hommes éprouvés, sur le lieu du sinistre. Les fouilles n'avaient amené aucun résultat. Tout était détruit, calciné, aucune constatation n'était possible.

Les voisins déclaraient avoir vu rôder, au moment de l'incendie, un individu en blouse, et ils ajoutaient que, malgré l'intensité du feu, cet individu avait pénétré partout; les fédérés paraissaient le connaître. Personne ne put donner son signalement, excepté cependant un petit garçon qui affirmait qu'il était grêlé. Depuis, on ne l'avait pas revu.

Les soupçons du commissaire.

Le commissaire de police ayant appris par Rosalie qu'elle avait révélé à son père l'endroit où étaient cachées les valeurs de monsieur Chevalier, conçut aussitôt de graves soupçons, et s'empressa d'envoyer le signalement de Laduré à toutes les gares, avec ordre de l'arrêter et de le diriger sur Paris. Si un vol avait été commis, l'ancien tambour devait assurément être le coupable; rien ne disait même que ce n'était pas lui qui avait mis le feu.

Raoul, à qui le commissaire fit part de ses soupçons, affirma que Laduré était un honnête homme.

Plusieurs semaines se passèrent sans nouvelles.

On apprit enfin qu'un individu venait d'être arrêté; ce devait être Laduré. Il avait le même accent et la même taille; de plus, il était grêlé. Une blessure récente avait, depuis son arrestation, nécessité son entrée à l'hôpital. C'était un gredin endurci. Pour empêcher ses gardiens de dormir, il s'était plu toute la première nuit à battre des marches sur le lit de camp du violon. Il avait certainement été tambour. En outre, son mutisme absolu le condamnait. Il cachait son origine.

Le commissaire fit à Raoul de telles communications, extraites des rapports reçus, que ce dernier dût se rendre à l'évidence.

Laduré était non-seulement un traître, mais encore un voleur et un incendiaire. Il n'y avait aucun doute.

Rentré chez lui, Raoul ne fit part de ses certitudes à personne. Il plaignait de tout son cœur la pauvre Rosalie, et n'entendait pas la rendre responsable du crime de son père. Quant à lui, son chagrin était tel qu'il ne dormait plus et avait entièrement perdu l'appétit. Son existence était factice. Julie, désolée, ne comprenait rien au désespoir de son mari qui, jusque-là, avait montré tant d'énergie.

Après huit jours d'attente, le commissaire fit de nouveau prier Raoul de passer à son bureau.

— Monsieur Chevalier, lui dit-il, l'homme si gravement compromis dans votre malheureuse affaire, vient d'être mis à ma disposition ; il est ici, et malgré toute la répugnance que devra vous causer la vue de ce misérable, il est de mon devoir de le faire comparaître devant vous, afin de le confondre et de faire cesser ses réticences et ses dénégations. Peut-être retrouverons-nous quelques bribes de votre fortune. Allons, cher Monsieur, du courage. Je fais appel à tout votre sang-froid!

Une porte s'ouvrit, et donna passage à l'accusé!

Il se fit un grand silence; Raoul, troublé, n'osait lever les yeux.

— Eh bien! monsieur Chevalier, reconnaissez-vous cet homme? dit le magistrat avec bienveillance.

Raoul, sorti de sa stupeur, regarda le prisonnier et s'écria :

— Ah!...... mais..... ce n'est pas Laduré..... mon Dieu! je vous remercie! cela me semblait impossible.

En prononçant ces mots, il ne put retenir ses larmes; jamais il n'avait éprouvé une émotion pareille; son cœur battait à se rompre.

L'homme arrêté partit d'un cynique éclat de rire.

— Eh ben, vrai, ça m'amuse ces histoires-
là. Pour qui donc qui m'prenait, le commissaire?

Conclusion.

Que s'était-il passé?

Pendant la Commune, Laduré n'ayant que
fort peu de travail, allait et venait d'un quartier à l'autre, lisant les affiches, les proclama-
tions, et étudiant la marche de l'insurrection.

Chaque jour, il passait devant la demeure de
monsieur Chevalier, et constatait avec satisfaction la parfaite tranquillité de la rue et de
ses abords.

Un matin, en rentrant de sa tournée habituelle, il vit avec effroi un rassemblement con-
sidérable. Une épaisse fumée s'échappait des
caves de la maison de son ancien fourrier.

Le feu avait été mis à cette propriété par les
fédérés.

Laduré n'hésita pas un seul instant. Il aborda
carrément les factionnaires, et au risque de
se compromettre, il se mit à causer avec une
fébrile exaltation. Considéré bientôt comme

un des meneurs, il put aller et venir sans contrôle, et profita de cette liberté pour se glisser jusqu'à l'appartement de monsieur Chevalier. Son premier soin fut de chercher l'endroit indiqué par sa fille. Il s'agissait de décarreler cinquante centimètres sous le fourneau de la cuisine, et d'enlever une légère couche de plâtre. Cette opération achevée, il trouva entre deux plaques de tôle toutes les valeurs de son ami, et s'en fit un plastron.

Il essaya ensuite, mais en vain, de pénétrer dans la chambre de Rosalie; il ne voulait pas que le portrait de sa fille devînt la proie des flammes. Sa tentative fut inutile, une fumée suffocante ne lui permit pas d'avancer.

La grosse difficulté était de sortir de cette maison si rigoureusement gardée. Il y parvint cependant en escaladant un mur mitoyen; mais à peine était-il dans la cour de la propriété voisine qu'il fut arrêté par le concierge.

Une lutte s'engagea.

Laduré dut employer la force et la ruse, et entraîner jusqu'à sa loge le fidèle gardien, l'y pousser brusquement, donner un tour de clé et s'évader.

Les locataires entendirent du bruit, mais ils se gardèrent bien d'intervenir. Dans ces horribles instants, à l'exception de quelques natures d'élite, chacun pensait à sa propre conservation.

Une fois dehors, et sur l'avis pressant de madame Laduré, on se décida à s'éloigner de Paris, en emmenant la petite Félicie.

C'était, en effet, très-raisonnable; l'ex-tambour se trouvait compromis aux yeux de tous. Il pouvait être accusé et convaincu d'avoir fait partie des bandes insurrectionnelles, puisqu'il avait été vu avec les fédérés, et ceux-ci pouvaient le traiter comme un espion.

D'un commun accord, il fut convenu qu'il fallait se diriger sur Etampes où devaient être monsieur et madame Chevalier, ainsi que Rosalie. Il y avait quinze lieues à faire et de grands dangers à courir.

Arrivé dans cette ville, Laduré apprit par le très-hospitalier camarade de Raoul que ceux qu'il cherchait étaient partis plus loin, sans dire de quel côté ils se dirigeaient.

Monsieur et madame Laduré s'arrêtèrent dans une auberge où le mari, exténué d'avoir porté son enfant, prit le lit; il était en proie à une forte fièvre. Sa femme s'installa à son chevet. En voyant le mal empirer, les époux eurent l'heureuse inspiration d'écrire aux nouveaux patrons de la maison Filodel, au maire de l'arrondissement de monsieur Chevalier et au commissaire de police; ces démarches eurent un excellent résultat. Raoul fut informé que le pauvre Laduré était à Etampes assez gravement malade.

Il partit avec Rosalie.

A la vue de sa fille et de monsieur Chevalier, l'ex-tambour parut renaître; sa tâche était accomplie. En remettant entre les mains de son ancien fourrier les titres si miraculeusement sauvés, il se sentait déchargé d'une immense responsabilité.

Les deux amis restèrent longtemps dans les bras l'un de l'autre sans pouvoir articuler un seul mot.

— Comment reconnaîtrai-je jamais votre dévouement? dit enfin Raoul. Tenez, mon cher Laduré, prenez la moitié de cette fortune, elle vous appartient!

— Non, non, je ne veux rien. Ne vous dois-je

pas le bonheur de presser dans mes bras ces enfants que j'adore? Sans vous, mon fourrier, que serais-je? Un ivrogne, un misérable. C'est vous qui m'avez sauvé; c'est vous qui m'avez permis d'embrasser une dernière fois ma mère, et de m'unir à l'excellente femme que vous voyez à mon chevet. Oui, monsieur Raoul, je vous dois plus que la vie, et c'est vous qui voulez me récompenser. Renoncez à ce projet, il serait inutile d'insister, je ne puis et ne veux rien accepter.

S'adressant ensuite à Rosalie, monsieur Chevalier lui dit avec émotion :

— Ma chère enfant, votre père est un noble cœur. Je comprends son désintéressement; mais j'espère qu'il ne refusera pas à ma femme la satisfaction de vous être utile. Nous revendiquons d'autant mieux ce droit, que, depuis longtemps, nous vous considérons comme notre propre fille. Je fais donc aujourd'hui des réserves expresses.

En disant ces mots, l'excellent homme se rappela avec émotion la prophétique parole qui terminait l'exposé des principes du père Radottin : Un bienfait n'est jamais perdu! Il recueillait, en effet, ce qu'il avait semé!

Quelques jours après, Raoul, Rosalie et sa famille retournaient à Paris, près de Julie déjà instruite de ce qui s'était passé ; et ces braves gens, désormais unis par des liens indissolubles, ne se quittèrent plus.

Rosalie, en possession d'une dot, fut activement recherchée. Le fils d'un des anciens voisins de son père la demanda en mariage. Il était bien de sa personne, occupait un emploi lucratif, et parlait beaucoup de ses espérances.

Les choses marchèrent rapidement jusqu'au jour où un indiscret apprit à Laduré que son futur gendre avait très-prudemment passé, à Bruxelles et à Londres, le temps de la guerre. Le digne homme, qui ne manquait pas de cœur, s'empressa de rompre, et répondit au prétendu qui cherchait à le faire changer d'avis :

— Non, Monsieur, c'est impossible, vous êtes un déclassé; vous n'avez plus de patrie. Je veux qu'en se mariant, ma fille trouve un protecteur, et je crois qu'elle n'aurait rien à attendre d'un homme qui a fui devant l'étranger!

Quelques mois après, un excellent ouvrier horloger, récemment congédié, et décoré de la médaille militaire, fut présenté par un parent, et obtint la main de l'aimable Rosalie.

Grâce à quelques avances, qu'on eut beaucoup de peine à lui faire accepter, l'ancien tambour cessa d'être ouvrier et devint un modeste entrepreneur.

Enfin, après tant d'épreuves, le calme est rétabli. Raoul et Julie vivent dans la retraite.

Laduré vient souvent voir son ami. L'ancien tambour suit avec orgueil la réorganisation de notre armée. L'activité de nos généraux, la bonne tenue de nos soldats, et le retour aux saines traditions excitent son enthousiasme.

Raoul, en s'adressant aux mères de famille, leur dit avec l'autorité d'un homme mûri par l'expérience : — Vous êtes devenues la providence de la patrie ; c'est à vous qu'il appartient de former ses futurs défenseurs.

La discipline assure le succès des armées, et l'obéissance que vous exigerez de vos fils sera le premier jalon posé dans cette voie. —

Désormais, le service obligatoire, en réunissant toutes les classes de la société sous le drapeau de la France, apprendra aux hommes à se connaître, à s'aimer, et à se prêter un mutuel appui. Alors, l'État et les municipalités auront moins de misères à soulager, l'initiative privée se chargeant d'une grande partie de cette noble tâche.

L'union de tous était un rêve. Ce rêve devient une réalité!

Le soldat sert le pays, le défend, et ne discute pas; sa vie est toute de dévouement et d'abnégation.

Dans tous les temps, l'armée a été la scrupuleuse gardienne de l'honneur national. Nous lui devons l'unité, c'est-à-dire la cohésion, la force; c'est grâce à son énergique concours que nous jouissons de la liberté, et que l'égalité devant la loi n'est pas un vain mot. C'est sur les bancs de ses écoles que la nouvelle génération se fortifie, et acquiert chaque jour le savoir, capital précieux, fortune véritable que le soldat rapporte au foyer!

Nos pères pensaient que, pour vaincre, il fallait seulement être brave; longtemps ce fut vrai. Tout tremblait devant leurs baïonnettes, mais une révolution s'est accomplie ; la guerre est devenue une science véritable.

C'est mathématiquement qu'on gagne les batailles !

Nos officiers se sont mis au travail, et non contents des résultats acquis, ils convient le soldat à partager leurs labeurs.

— Travaillons, mes enfants, s'écrient-ils avec patriotisme ; ne nous montrons pas inférieurs à nos ennemis, et à l'heure du danger, il nous suffira, pour atteindre le but, de nous rappeler les élans de la furia française, de cette fougue à laquelle rien ne résiste.

Alors, n'en doutez pas, l'histoire dira de nous ce qu'elle dit de nos aïeux : Les Français sont les premiers soldats du monde !

FIN.

TABLE DES MATIÈRES

FIN DE LA TABLE.

TROYES. — IMP. ET LITH. DUFOUR-BOUQUOT.